Shenqi De Silu Minjia

神奇的丝路民间故事

越南民间故事

YUENAN MINJIAN GUSHI

丛书主编　姜永仁

本册主编　夏　露

APTIME 时代出版传媒股份有限公司
时代出版 安徽文艺出版社

图书在版编目（ＣＩＰ）数据

越南民间故事/夏露本册主编. —合肥：安徽文艺出版社,2018.1
（2020.6重印）
（神奇的丝路民间故事/姜永仁主编）
ISBN 978-7-5396-6092-9

Ⅰ．①越… Ⅱ．①夏… Ⅲ．①民间故事－作品集－越南
Ⅳ．①I333.73

中国版本图书馆CIP数据核字(2017)第109734号

出 版 人：朱寒冬　　　　　　　出版统筹：周　康　李　芳
责任编辑：李　芳　姚　衎　　　装帧设计：徐　睿
. . . .
出版发行：时代出版传媒股份有限公司　www.press mart.com
　　　　　安徽文艺出版社　www.awpub.com
地　　　址：合肥市翡翠路1118号　邮政编码：230071
营 销 部：(0551)63533889
印　　制：济南市莱芜凤城印务有限公司
. . . .
开本：880×1230　1/32　印张：6.625　字数：143千字
版次：2018年1月第1版　2020年6月第2次印刷
定价：28.00元
. . . .
（如发现印装质量问题，影响阅读，请与出版社联系调换）

总　序

青少年朋友们，大家好！

安徽文艺出版社为了配合"一带一路"倡议的实施，决定出版一套《神奇的丝路民间故事》丛书，并邀请我担任这套丛书的主编，这使我激动不已。一方面是因为我年逾古稀还有机会为"一带一路"倡议的实施贡献出自己的一份力量，另一方面是因为我能为祖国的未来——青少年朋友的成长做一件有益的事情。为此，我毅然决定接受邀请，出任该套丛书的主编。

2013 年，习近平主席在访问哈萨克斯坦和印度尼西亚期间，先后提出共同建设"丝绸之路经济带"和"21 世纪海上丝绸之路"的倡议。这一倡议是希望通过政策沟通、设施联通、贸易畅通、资金融通、民心相通，使沿线国家乃至世界各国能够共享我国改革开放经济发展的成果，是一项共商、共建、共享的战略设计。截至目前，已经有100 多个国家和国际组织参加到"一带一路"建设中来，纷纷将本国的发展计划与"一带一路"建设计划对接。

安徽文艺出版社策划出版的《神奇的丝路民间故事》丛书正是在这种形势下应运而生。它的问世是落实"一带一路"倡议的需求，是我国与"一带一路"沿线国家人民实现民心相通的需求。它的出版，必将有助于我国与"一带一路"沿线国家人民加深了解、增强互信。

《神奇的丝路民间故事》丛书包括丝路沿线的俄罗斯、匈牙利、印度尼西亚、泰国、缅甸、越南、柬埔寨、老挝、菲律宾、马来西亚、伊朗、巴基斯坦等国家的民间故事。这些国家的民间故事情节动人，形象逼真，寓意深刻，有益于青少年的成长。

青少年是国家的未来，是祖国的希望，是建设国家的栋梁，肩负着实现中国梦的重任，任重而道远，只有多读书，读好书，增加知识，增长才干，才能不负众望，才能不辱使命，为实现中华民族伟大复兴的中国梦而贡献力量。

安徽文艺出版社编辑出版的《神奇的丝路民间故事》丛书恰逢其时，值得青少年朋友一读。

姜永仁

于北京大学博雅德园寓所

2017 年 10 月

前　言

　　越南位于亚洲的东南部,是与我国山水相连的邻邦。越南历史悠久,文化多样。其主体民族为越族,也称京族,此外还有岱依族、高棉族、芒族、赫蒙(苗)族、侬族、泰族、埃德族、色当族等53个少数民族。

　　由于历史的原因,越南文学曾有汉字、喃字和拉丁字母文字等三种文字载体,均留下了丰富的文学遗产。越南现存最早的文学典籍《越(粤)甸幽灵集》及《岭南摭怪》是对神话传说的记录和整理。越南民间文学的产生和发展过程、表现形式及艺术风格都颇具特色。在古代,中国的典章制度以及儒释道思想深刻影响了越南社会的方方面面;加上中越山水相连,使得越南民间文学有着浓厚的中国文化印记。越南立国以后,先后吞并占婆以及真腊不少故地,使得越南民间文学亦带有浓厚的东南亚特色。

　　越南的民间故事大致分为动物故事、魔法故事、生活故事和笑话等四大类。越南是个多山的热带国家,适合各种飞禽走兽栖息与繁殖。因此,越南人很早就用动物故事来解释一些地理、气候等现象,也用动物寓言来教育人们积德行善、团结向上,宣传善有善报、恶有恶报的因果报应思想。越南的不少动物故事有中国渊源,如《蚂蚱踢大象》就来自庄子寓言《螳臂挡车》,越南还有一些类似《狐假虎威》《鹬蚌相争》等动物故事。尽管如此,越南动物故事仍有其浓郁的民族特色。例如《蛤蟆求雨记》与越南古代农民种植水稻遇天旱求雨有关,也反映了一种以小胜大、以弱胜强的大无畏斗争精神,亦是越南蛙图腾崇拜的一种遗迹。

本书所编译的越南民间故事含义比较广泛,不局限于以上四类,还包涵了神话、传说、古迹传、寓言等民间叙事文学的内容,反映了越南的历史事件、历史人物、地方古迹、岁时节日、山川名胜、自然风物、宗教信仰、社会习俗等等,均带有浓厚的越南民族特色。

总之,越南民间故事丰富多样,要浓缩在一卷书中着实比较困难,本书仅撷取其中一些最有代表性的故事,难免挂一漏万。参与本书编译工作的共有王彦、咸蔓雪、夏露、利国等四位同志,由于水平有限,不足之处在所难免,请各位方家指正为盼。

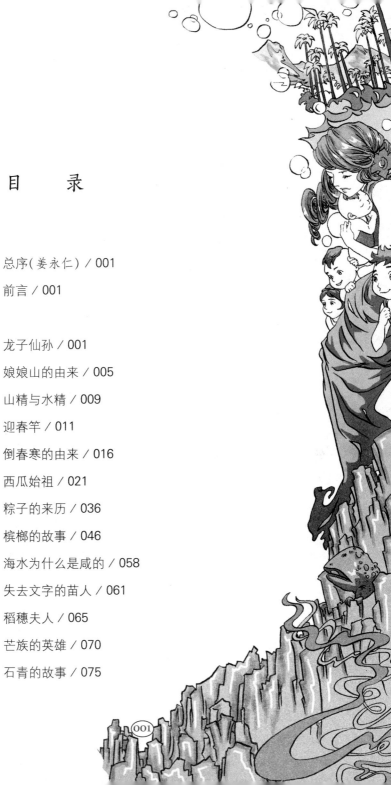

目　　录

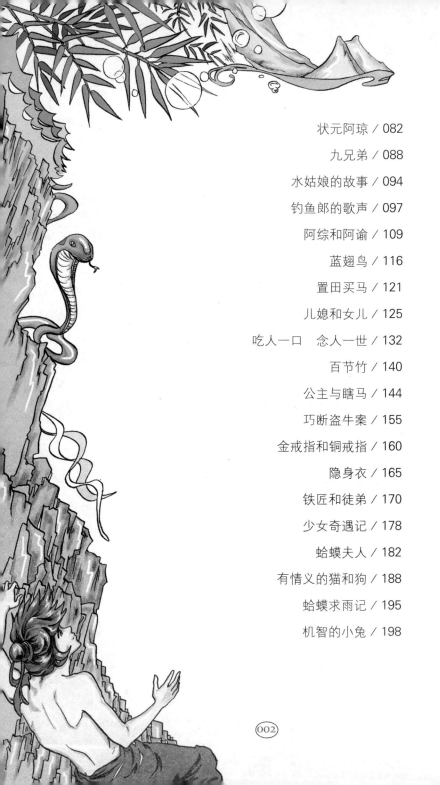

龙 子 仙 孙

远古时期,有一位圣明的君主,名叫炎帝。炎帝的第三世孙帝明后来也继承王位,成为君主。一次,帝明到南方的五岭地区游玩,遇到了一位名叫婺仙的姑娘。婺仙聪明漂亮,帝明很喜欢她,就娶她为妻,并把她带回北方。不久,他们生了一个孩子,取名为禄续。禄续长大后,相貌英俊,聪明能干,帝明认为他是难得的人才,想把王位传给他。但是禄续坚决不答应,因为帝明早已有了一个儿子叫帝宜,禄续认为应该由帝宜来继承王位。于是帝明就答应了禄续,立帝宜为皇太子,让他治理北方。但是帝明知道禄续的母亲婺仙是来自南方的,禄续身上有着南方的血统,所以帝明就封禄续为泾阳王,让他治理南方。人们把禄续治理的南方地区称为赤鬼国。

泾阳王,也就是禄续,有着一种神奇的本领,就是能在水中自由行走。一次,泾阳王到水里玩的时候,认识了洞庭湖龙王的女儿。他们两人之间很快就产生了感情,不久就结为夫妻了。后来他们生了一个儿子，取名为崇缆，并封为貉龙君。貉龙君长大以后，继承了王位，成为君主，治理着国家。貉龙君教会老百姓耕种田地，让人民明白了最基本的社会道德。貉龙君继承了父亲神奇的本领，而且又是龙种，所以也能在水中自由行走。有时候他会到水里的龙宫去住一段日子。百姓有事需要他帮忙，就会大声喊道："龙君，龙君，你在哪里？快来帮帮我们。"貉龙君就会出现在大家面前。老百姓都知道他和常人不一样。

再来说说北方。帝宜去世之后，他的儿子帝来当君主。帝来看到国家太平，想去南方巡游，就让他的大臣蚩尤代为管理国家，自己去赤鬼国游玩。帝来带着他的爱妾妪姬——一个天上下凡的仙女，以及很多侍从、仆人周游天下，游遍了各处名山大川。他们看到南方有着各种奇花异草、珍禽异兽，还有许多奇珍异宝、土特海产，非常喜欢，都不愿回到北方去了。

当时貉龙君正好到龙宫去了，赤鬼国没有人管事。帝来他们在南方到处游山玩水，南方百姓平静的生活受到了破坏。于是他们只能一起大声呼唤："龙君，龙君，你在哪里？北方的君主正在破坏我们的生活！"貉龙君很快就回来了。但是貉龙君见到了美貌的妪姬，非常喜欢她，于是就变成一位英俊潇洒的小伙子，带着众多的侍从，来到妪姬住的行宫里。妪姬见到貉龙君，也立刻爱上了他，就跟着貉龙君离开了行宫。

帝来回到行宫，不见妪姬，就派手下四处寻找。貉龙君知道

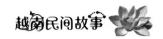

后,施展法术,变出很多妖魔鬼怪和凶猛的野兽。寻找妪姬的人都很害怕,不敢继续搜索。帝来无可奈何,只好回到北方。

貉龙君与妪姬一起生活了一年之后,妪姬生下了一个肉团。他们认为这是不祥之兆,就把这个肉团扔到了郊外。没想到过了六七天,这个肉团自动裂开,出来一百个蛋,从每个蛋中生出了一个男孩。貉龙君和妪姬把他们带回去抚养。但是这一百个男孩不需要人喂东西就能自己长大。他们每个人都智勇双全,百姓们把他们当成神,都听他们的话。

貉龙君长期住在水里,而妪姬和一百个孩子住在岸上,时间长了,妪姬也想回北方的家乡去看看。于是她就带着一百个儿子向北走去。当时北方是黄帝在治理国家。妪姬和孩子到达边境,黄帝得到这一消息后,害怕这么多人一块来到自己的国家,会侵扰百姓,对自己的国家不利,于是就派兵在边境上防守,把他们拦在外边。妪姬母子不能回自己的家乡,只好回到南方,呼唤貉龙君:"龙君,龙君,你在哪里? 你不管我们,害得我们母子无家可归,生活不得安宁。"貉龙君听到呼唤,出现在他们眼前,一家人团聚了。妪姬说:"我本来是北方人,来到南方和你生活在一起,生下了这一百个孩子。你却时常不和我们在一起,使我没有了丈夫,孩子也没有了父亲。我们是多么伤心啊!"貉龙君说:"我是龙种,是水中世界的首领;你是仙种,是生活在陆地上的人。虽然我们在一起共同生活了一年,还有了这些孩子,但我们毕竟是属于不同的种类,像水火不能相容一样，我们也不能长期生活在一起的。现在不得已，我们还是分开吧。我带五十个孩子回到龙宫，让他们分别管理水里的各个地方；你带五十个孩子在陆地上生活，让他们分别管理国家。你们上山，我们下水，有什么事情的话就互相帮忙。不要忘了。"妪姬和孩子们听从了貉龙君的话，于是一家人就分开了。

妪姬和五十个孩子来到峰州地区住下。孩子们推举大哥为首领，称他为雄王，雄王建立的国家名为文郎国。整个国家分为十五个郡，雄王让他的弟弟们分别管理。他们下面还设了文官和武官，文官称为貉侯，武官称为貉将。雄王的王位父传子，子传孙，代代相传，都称为雄王。

当时陆地上的百姓到水里去捕捞水产，经常被水中的蛟龙伤害，百姓就把这件事告诉了雄王。雄王说："陆地上的人和水里的人的确属于不同的种类，他们喜欢同类而讨厌异类，所以才伤害你们。"雄王就让百姓用墨汁在身上画出龙王、水怪的形状，这样蛟龙以为他们是同类，就不会伤害百姓了。古代南方地区的很多少数民族都有文身的风俗，就是从这里传下来的。

这就是越南民族的起源。貉龙君和妪姬生的这一百个孩子，就是百越民族的祖先。貉龙君是龙种，妪姬是仙女，因此，越南民族也自称为"龙子仙孙"。

娘娘山的由来

在文郎国的西南面有一个节侯国,它的领土辽阔,有许多山脉。那个国家人口众多,物产丰富,尤其是森林里的物产更多。

与它交界的文郎国,也有许多山脉,但是与节侯国不同的是,除了山地,它还有平原和沿海地带。

两国交界的地方是山脉,那儿山连山,水连水,没有明显的分界线,因此,边界地带因领土纠纷引起的战争时有发生。

为了结束战争,两国多次互派使节谈判,但都没有达成满意的协议。当一方提出一些条件时,对方总是又提出更多的条件,谁都不愿意吃亏。

节侯国的人一般靠种稻谷和狩猎生活。他们的国家山川密布,沟壑纵横。人们从小到大,从生到老,只要一出门,就必须跋山涉水。因此,全国的人都善于步行,人人都有一副大脚板和结实的双腿,走起路来健步如飞。

他们为此感到很自豪,并且自称无他国可敌。

他们也承认文郎国有山脉，但没有他们的多，没有他们的大，而且多沼泽、多平原，到处是泥泞。试想这种常陷在泥泞中的脚怎么能跑得快呢？

在最后一次的谈判中，节侯国的使者提出这样的条件：凭竞走来决定两国的疆界。与上次不同，这一次文郎国的使者很高兴地接受了，因为这涉及国家的荣誉。

比赛的规则是这样的：每个国家按照自己的方式挑选一名最优秀的选手，两人同日同时从各自的京都出发，按照指定的路线向正在发生争执的边界地带行走。他们相会的地方就成为两国的分界线。准备时间是一个月，并且双方必须指定共同的检查站，以免发生舞弊行为。

在节侯国这边，人人都兴奋地准备参赛，认为他们稳操胜券。在县、府一级乃至国家级的比赛时，气氛热闹非凡。他们在全国的优秀竞走选手中很轻易地就选定了一个最优秀的竞走选手。

而文郎国这边，雄王传令全国著名的竞走选手会集京城比试才能，但结果却让雄王摇头，找不到满意的人。比赛准备时间只剩下几天了，雄王不得不派使者到一些最偏僻的地方搜求人才，以便找到一个技艺超群的竞走者。

在群众中，使者果真找到了一个这样的人，一个不会辜负国王希望的人。

这是一个偏远的山村，当国王的使者来传令时，一个健康而步履矫健的女子报名参加了。

这位女子身材高大，比普通人高出半个头来，双腿修长，肌肉结实，走起路来健步如飞。她独自住在森林边上的一间小屋里，平时就在山里砍柴然后拿到市场上换回食物和日常用品。她多次碰到猛兽，但通常是猛兽被她打几下之后就逃之夭夭了。也有许多次，她碰到山洪，但她只需跨越几步，就安全地脱离了洪水。

她的性格中有一种豪侠义气。看到谁做坏事，她就要阻止。如果有谁做了伤天害理的事，她就要惩治他。而若谁遭遇了不幸或困难时，她总是尽量去帮助他。

由于还没有谁能配得上她，所以她独自一人生活，愉快地以砍柴为生。尽管如此，大家都很敬重她，把她推为女首领，一些重要的事情都要来征求她的意见。为了表示尊敬，大家都称她为娘娘。

使者见到她后非常高兴，连忙把她带到了京城。在朝见礼之后，这女子按照国王的要求在国王和大臣面前走路，只走了几步，大家就感到无比高兴和振奋。

按照国王的命令，内宫里日夜为她供应茶水、饭菜，准备比赛的事项，因为第二天她就要启程了。由于重视，国王下了这么多命令，事实上，她根本不需要什么。她稍微准备了一下，就早早睡了，以便养精蓄锐。

当京城的雄鸡报晓之后，她就起床了，洗脸、漱口、梳头，然后吃了一点东西就上路了。这时，文郎国的国王、大臣和节侯国朝廷的代表们都来观看。

她走得快极了，就像风中飞翔的小鸟一样，只过了一会儿，她就出了京城。又过了一会儿，她便来到了村庄和原野。她走一小段路就相当于走过了几条河和几片田；她走一大段路则相当于走过了一片平原和几座山。

在各检查站，节侯国的代表们急得脸色灰白，但又不得不交口称赞她。而她仍然走得很坦然，而且越走越快。高山、密林、短坡、长坡——这一切就像突然间被她几步甩到了身后。不到半天工夫，她就走了几千里。

到中午的时候，她就登上了姜曼山脉的顶峰。她停下来吃了点东西，喝了点水，又接着飞奔。不一会儿，她就出现在山脉的南面了，但与此同时，节侯国的选手也到了。

比赛结束了，从此，山顶成了两国的分界线。

说起来，节侯国的选手也是他们国家最优秀的选手，但比较起来，仍稍逊文郎国那女子一筹，这只要看看两国的京城到分界线的距离就一目了然了。为了永远纪念她的才能及她给国家带来的荣誉，按照雄王的命令和全国人民的意愿，分界的那座山就以她的名字命名，被称为"娘娘山"。

这座山就是现在越南同老挝的界山，位于现在越南义安省的西部。

山精与水精

在大越国京都的南面，有一条高耸入云的山脉。这条山脉很大，山麓延伸到很远的地方。这条山脉有很多山峰，其中最高的那座山顶浑圆，像一顶罗伞，所以被人们称为"伞圆山"。相传，管辖这座山的神仙是山精。

那时候，第八世雄王有一个女儿，名叫媚娘。媚娘长得美貌绝伦，聪慧非凡。雄王视女儿为掌上明珠，决心要找一个配得上女儿的女婿。于是雄王诏告天下，要为女儿选女婿。

一天，山精来向雄王求亲，请求娶媚娘。但是很碰巧，管辖江河湖海的水精也来求亲。看到两位神仙同时前来，雄王很为难，决定让两人比试比试才能决出高低胜负。

雄王刚说完话，山精就开始显示自己的法力。他一下就能拔起很粗的树，还移动了一整座大山，弄得天摇地动。水精也不甘示弱，施展法术行云布雨，吹起了大风，在海面上掀起了滔天巨浪。山精和水精斗法使得整个京城和附近地区地动山摇，飞沙走石，水雾漫天，山石树木崩得四处飞溅，真是惊心动魄！

两位神仙都很厉害，雄王也分不出他们高低胜负，只好传令说："两位都很有木领，但是我只有一个女儿。所以明天早卜，谁能首先把珍宝带来作为聘礼，我就把女儿嫁给他。"

第二天早晨，天刚蒙蒙亮，山精就给雄王献上了很多金银珠宝和陆地上的珍禽异兽。雄王很高兴，认为山精很有诚意，就依照诺言，把媚娘许配给山精，并让山精把新娘迎娶回伞圆山。

水精也送来了无数的珍珠、玑瑁、珊瑚等水里的宝贝和很多稀有的鱼虾。但是因为晚了一步，媚娘已经被山精娶走了。水精大怒，派出自己所有的水族部下包围了伞圆山，一定要打败山精，得到媚娘。整整几天几夜，伞圆山地区天昏地暗，风雨不断。水精发起的洪水淹没了山脚的田地。山精带领部下坚决抵抗，水涨多高，山精就把山加多高，不让水精淹没山峰。山脚的老百姓也打下一排排的木桩子拦住洪水。他们还敲锣打鼓，大声呐喊，给山精助阵。山精的士兵也奋勇作战，向水精的部队扔石头、射箭。经过几天几夜的激战，水精的部队死伤惨重，水里漂满了虾兵蟹将的尸体。

看到自己赢不了山精，水精只好收兵回水里去了。于是山精和媚娘在伞圆山上开始了幸福的生活。

尽管这样，水精还是不服气，他忘不了这样的奇耻大辱。所以每年的七八月间，他就派兵攻打山精。这时，在伞圆山周围的地区就会有暴风雨，洪水泛滥成灾。人们说，这就是水精在攻打山精，要夺回媚娘呢。

迎　春　竿

在很久很久以前,不知从什么时候开始,也不知用什么方法,有一群妖怪占领了人类的国家,人只有给妖怪干活才能活下来。妖怪对待人很残暴,他们每年都提高税收,一点一点地提,就这样,没过几年,人上交给妖怪的财物就翻了一番。

人很气愤,但是又没有能力来对付妖怪,只好就这样忍受着。妖怪看到人不敢反抗,就更变本加厉了。最后,妖怪想出一条特别的规定:稻谷的梢连着稻穗,是可以吃的,所以要全交上来;稻谷的根部没用,人可以自己留着。人不同意,妖怪就用各种办法逼迫他们听从。因此,这一年的收获季节,人向妖怪交完稻谷后,就只剩下光秃秃的稻秆和稻根了。各地都发生了饥荒,景象十分凄惨。妖怪得意地狂欢,而人却奄奄待毙。

西天的佛祖很同情人的遭遇,想帮助他们对付妖怪的残酷剥削。于是第二年播种的时候,佛祖告诉人不要种稻子,而是种红薯,因为红薯是长在地底下的。人按照佛祖的话去做了。妖怪不知道人已经有了对付自己的办法，所以还是按照前一年的规矩，自己要地面上的东西，人留下地下的根。

这年的收获时节，人把长在地底下的红薯挖出来，高高兴兴地扛回了家，只把地面上的红薯秧留给了妖怪。人人家里的红薯堆得像小山似的。看到这一切，妖怪很生气，因为自己家里只有红薯叶和红薯秧，根本没法吃。但是规矩是他们事先已经定好的，所以妖怪只能眼睁睁地看着，无可奈何。

又到了播种的季节。这次，妖怪吸取了前一年的教训，改了规矩，要求人把庄稼的根部交上来。佛祖就告诉人再种回稻子。这样的结果当然又是妖怪什么都没得到。人把金灿灿的稻谷扛回了家，妖怪只得到光秃秃的稻秆和根。妖怪大怒，所以到下一年播种的时候，他们宣布要把庄稼的梢和根都收上来。他们想：这次不管你们种什么，都逃不出我的手心了。

但是佛祖又教人改变了计划。他给了人一些玉米种子，让他们四处播种。玉米长在植物的中间部位，梢部和根部都是不能吃的。于是这一年，人付出的汗水又一次有了收获。家里的稻米还没吃完，玉米又有收成了，人人家里粮食塞得满满的。至于妖怪们则非常生气，最后，他们强行收回了土地，不让人继续种下去了。妖怪想：宁可什么也没有，也不能让你们独吃。

人没有地种，以后就会什么都没有了，所以佛祖又一次帮助人和妖怪做斗争。佛祖告诉人去跟妖怪商量一下，买一块一件袈裟

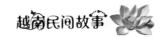

的阴影那么大的地。人在这块地上种一棵竹子,竹竿尖上顶一件袈裟,袈裟在地面上的影子覆盖的面积就属于人。刚开始,妖怪不答应,生怕人又耍什么诡计。但是他们经不起人不停的请求,而且人愿意出不低的价格来买这块地。最后,妖怪想:一件袈裟能有多大? 这一小块地卖给人也不会有什么问题,再说可以换来一大笔收入。于是妖怪就答应了人的请求。双方还事先说好:袈裟影子没遮住的地就是妖怪的。

　　于是人就在地面上种了一棵竹子。竹子种好以后,佛祖就来了。他站在竹子尖上,伸手一甩,袈裟就展开了。妖怪一看,袈裟也没多大,就暗自高兴。但是没想到这件袈裟好像会变魔术似的,越变越大,而且那棵竹子也越长越高,竹子越高,袈裟投在地面上的影子就越大。最后,袈裟仿佛把所有的阳光都挡住了,地面上顿时被黑暗所笼罩。原来还是白天,好像一下子就到了黑夜。妖怪变得惊慌失措,因为地面上已经没有一块地不被袈裟的影子遮住,也就是说,地面上已经没有妖怪的地盘了。妖怪没有办法,只好不停地向后退,最后一直逃到了大海里。

　　肥沃的土地又回到了人的手里,人人欢欣鼓舞,他们感谢佛祖的帮助。但是妖怪却不服气,也很心疼,他们发誓要夺回土地。于是妖怪召集了大批兵马,来抢夺土地。妖怪的军队里有各种猛兽,有老虎、大象、狗熊……人又没有准备,所以一直不占上风。这一仗打得很激烈。最后,又是佛祖来帮忙,才拦住了妖怪,使他们不能前进。

妖怪连连败了好几仗。他们想：不能再这样下去了，得想个办法。他们想啊想，终于想出来了：派人去打听佛祖到底怕什么，找到佛祖害怕的东西，不就可以战胜佛祖了吗？佛祖也知道了妖怪的打算，就放出风声说自己最怕香蕉和糯米饭。同时，佛祖也派人打听到妖怪最怕石灰、大蒜和菠萝叶。

妖怪以为知道了佛祖害怕的东西，就可以战胜佛祖，但他们反而中了佛祖的计。这天交战的时候，妖怪用香蕉朝佛祖扔去，希望能以此吓跑佛祖。没想到佛祖不但没被吓跑，还笑眯眯地让人把香蕉都捡起来，拿回家去吃。然后佛祖拿出早已准备好的石灰粉，撒到妖怪的阵地周围。妖怪一看到石灰，就吓得抱头逃窜。这一仗，妖怪又输了。

又到了交战的时候。这次，妖怪拿来了糯米饭对付佛祖。佛祖还是像上次一样，叫人把糯米饭捡起来吃。然后佛祖叫人用大蒜来打妖怪。妖怪一闻到大蒜刺鼻的味道，就四肢瘫软，再也没法打仗了。

但是妖怪还是不肯认输，再次卷土重来。这次佛祖毫不客气，挥起他的金刚杖，把他们打得落花流水。不管是大鬼小鬼，统统被赶回海里去了。他们一边逃跑，一边向佛祖求饶，求佛祖允许自己每年回来几天，到陆地上探望祖先的坟墓。佛祖看到他们实在可怜，就答应了他们的请求，规定他们只能在年初的时候回来三天。

　　所以,每年一到春节的时候,就会有妖怪回到陆地上来。人害怕妖怪再回来捣乱,就在自己家门口竖一根竹竿,竹竿上挂一个小铃铛,风一吹就会发出声响,以此来告诫妖怪这是人住的地方,不要靠近。人还在竹竿上挂上几片菠萝叶子,让妖怪不敢靠近。他们还在家门口撒上石灰,以免妖怪进门。另外,妇女们在干活的时候,腰间总是放着几头大蒜。

　　从此,民间就流传了一首歌谣:

> 菠萝叶子高高挂,
> 石灰粉末门前撒。
> 妖怪再也不敢来,
> 春节平安乐万家。

倒春寒的由来

在越南的北部和中部,每年到了阴历三月都要出现一股寒流,有时候只有两三天,有时候会持续半个月。

阴历三月也就是阳历四月左右,是越南开始进入夏季的时候。本来已是阳光明媚,万物竞相生长的季节了,老天爷似乎翻了脸,突然刮起刺骨的寒风,人们又不得不穿起厚衣服,戴上围巾,把自己紧紧地裹起来。民间流传着一句话:"正月开花冷,二月生芽冷,三月倒春寒。"正月和二月冷是很自然的,因为毕竟与前一年的冬天有关。树木刚发芽,花儿刚长出蓓蕾的时候,如果阳光太强烈了会使它们枯萎的。可是,为什么到了三月,天还会冷呢?

这一定有其中的原因,民间认为老天爷做什么事都是有其根据的,一切都不会无缘无故地发生。传说,倒春寒正是与一位叫阿冰的姑娘有关。

阿冰姑娘是一个善良而勤劳的姑娘,她品行端正,为人处世也极为周到。周围的人都很赞赏她。

由于她做事极为认真,所以无论干什么她都不愿意马虎行事。从刷筷子、洗碗到扫地、收拾东西,她都做得一丝不苟,弄得整整齐齐,干干净净。她烧菜做汤也一定要达到香甜可口才行。至于在地里锄草、施肥、浇水等,她更是小心谨慎。而在水田里插秧时她则更加严格要求自己,要让成千上万株秧苗之间的高矮和行距都保持得一模一样。她做针线活也是行家里手,非常讲究针脚的匀称,绝不少一针也不多一针。她在衣服和鞋上绣花时更是巧夺天工,不仅做工精致而且花纹生动形象,犹如活物一般。

大概人间再没有第二个人能做得像她一样了。别人做事时或多或少总会出一些差错的,尤其是做那些需要持续很久而且十分单调的工作时,人们总会感到乏味,总会有一些心不在焉。而阿冰姑娘则具有非凡的忍耐力,她做起事来总是十分投入,自始至终都孜孜不倦。

她这种追求完美的精神和坚忍不拔的个性真是可以同山川媲美,与日月争辉。

到了出嫁的年龄后,她同别的姑娘一样做了新娘。但她的性格却丝毫没有改变。人们对她没有半句责备。至于有人认为她做事过于认真而使速度比较慢,这也只是周围的人还不了解她罢了。她从不为自己辩解,也不改变自己的做事准则。

她出嫁的时候正是初冬时节,看到丈夫没有保暖的衣服穿,她就决定纺纱绕线来为他织一件暖和而漂亮的衣服。

她先纺出了均匀而柔软的纱线,然后找来各种树皮将纱线染成各种绚丽的颜色。接着,她又开始在衣服的样子上画花纹和其他装饰物。她弄来弄去,直到自己完全满意才开始织起来。

啊!她的针线那么光滑,那么巧妙!这真不像人工织出来的东西。阿冰姑娘专心致志地织起来,她织的每一针就像从心里飞出来的歌声一样。

时间像流水一样飞快地逝去,而对于阿冰姑娘来说,时间仿佛不存在似的,她根本没有去理会白昼和黑夜的交替进行。她只是用心地织啊织,完全没注意到冬月和腊月已经过去了。她织得太仔细,太认真,太投入了,两个月过去了,她才织完了脖领。人们都笑她织衣服比蜗牛还慢呢,而她却不去理会,对她来说最重要的是如何使自己的工作做得更完美。织完了脖领,她接着织衣身。就这样,一天又一天,她整天坐着织衣服,她是那么专心,那么陶醉。

她把织衣服当作最重要的事情来做,仿佛她就是为了织那件衣服而生的。所以,当正月和二月过去了时,她仍浑然不觉。不论刮风下雨还是寒霜大降的天气,她都一心一意地织衣服。最后,到了阴历三月初,她终于为丈夫织完了那件衣服。

让我们来看看这件衣服吧。啊!这真是人间的极品啊!绝没有第二个人能织出这样精美绝伦的衣服来!她看着自己辛辛苦苦完成的作品,露出了满意的笑容。她太高兴了,简直想飞上天去,想把自己的快乐告诉所有人。但是,可惜的是,天气已经转暖了,

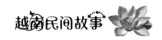

那件衣服根本用不着了。

阿冰姑娘好伤心！仿佛一下子从高空中坠落下来一般，因为她的心血都付诸东流了。要知道她曾经在那针尖上留下了多少希望和梦想啊！

她太怜爱自己的丈夫了。那几个月里丈夫一直默默地等待着，所以她织衣服的时候才感到小小的针尖给自己带来多少希望和幸福。可是，天地间有谁能明白她的心思呢？老天爷为什么不再冷几天？哪怕让丈夫试一试那件衣服也好啊！

她伤心地抱着胸哭起来。她哭呀哭，那哭声是那么绝望，包含着许许多多难以言说的忧伤和愤懑。

她的哭声传到了天上玉皇大帝的耳朵里。玉皇大帝尽管每天日理万机，但他仍很关心人间的事。他听到那哭声那么凄惨，就想人间一定有人蒙受了冤屈，于是立即派遣南极和北斗两位天神到人间去查看一个究竟。

当玉皇大帝了解到阿冰姑娘的事情后，他沉吟了一会儿，然后说："我知道人间有很多人活得很苦，尤其是妇女，她们往往忍受着许多冤屈。她们要相夫教子，要操心全家的衣食住行。阿冰姑娘充满爱心，做事专心，勤于吃苦，善于忍耐，真是人间的楷模。因此，我宣布：每年的阴历三月仍要持续冷几天，这样，就可以满足像阿冰姑娘这样由于太专心为丈夫织衣服却过了适宜季节的人了。人们织完衣服，总是要试试嘛。但这样的寒冷天气也不能持续太久,只要持续几天就够了。"

听到这里,南极和北斗一言不发地站着,过了一会儿,他们才大胆地说:"启禀陛下,我们认为您这道圣旨恐怕不太公平。我们不能为了一个阿冰姑娘而让所有的人挨冻啊。我们众神如果这样做将来就很难管理人间了。"

玉皇大帝挥了挥手,让两位天神坐下,对他们说:"我知道,我知道,但我已经慎重考虑过了。我想,对于人间的那种善心和坚忍不拔的精神,我们理所当然要进行鼓励嘛。我这样做正是为了让那些做事粗枝大叶、没有耐心的人以阿冰姑娘为榜样,让他们知道做事要专心,要有耐心,不能不负责任,潦草办事。我就这么决定了,你们不必多说,尽管去执行好了。"

听了玉皇大帝的话,两位天神都感到言之有理,他们就赶紧去执行任务了。

从此,在越南的北部,每年到了阴历三月都还要冷几天,人们不得不穿保暖的衣服。当然,有时候寒冷的天气会多持续几天,这是因为天神做事也没有阿冰姑娘那么专心,他们有时候也难免会马虎一点,忘了自己正在做的事呢。

西 瓜 始 祖

雄王十七世时,同前代国王时一样,仍然有商人从南边的海上来到京都峰州,卖给国王货物和一些奴隶。

国王本身是什么也不缺的,但是由于他全权掌管与外国商人贸易往来的事务,他总是买光所有的货物和奴隶。

那些货物是国内所没有的珍稀而奇异的东西,国王先是把它们放到国库里,然后逐渐分发给大臣和官吏,或者赏给那些立功的人。至于奴隶,偶尔也会被分给大臣们,但绝大多数被安排做宫廷事务,如收拾宫殿,打扫房间,还有做各种手工,因为他们都是能工巧匠。

刚开始时,这些奴隶既要干活,又要学习本地的语言。渐渐地,他们熟悉了风俗习惯后,就变成了本地人,他们或娶亲,或嫁人,同当地人一样地生活。尽管如此,因为他们从小浸润了本民族的观念,所以就会有一些个别的事发生。在生活中有时候会发生一些事,当地人能明白理解,而他们却会遇到烦恼;他们去买东西时常常被索要高价,他们中如果有谁青云直上或者得到国王的宠幸,就会遭到周围的人,尤其是官吏们的妒忌和厌恶。

梅安沾,这位后来被尊为"西瓜祖先"的人,最初就是国王买来的奴隶。

他是一个贤良的青年,身材魁梧,长相英俊,而且手特别巧。在他遥远的南方故乡,男孩子从小就要到庙里去学习和修行,这样,本地的宗教从小就深深地印在了孩子们的头脑中。那时候他刚从庙里回来,正值家境困窘,他便提出卖了自己来为父母还债,于是他就被卖到峰州来了。

刚来到峰州的那些日子,梅安沾十分忧愁,老是想念父母,思念家乡,但渐渐地,他很快意识到自己再也没有可能重返故乡了。他想起了一位高僧的教诲,这位高僧是他还在寺庙里的时候的启蒙老师。他记得老师告诉他:"孩子啊,在这个世界上,一切事情的发生都有前世的因缘。人们之所以欢乐或者忧愁,那都不是外界加到自己头上的。善有善报,恶有恶报,播下什么种子就会结下什么果,因为天地和鬼神随时都在关注人们的言行。"

想起这些教诲,渐渐地,他在一切变化面前有了坦然的态度,也因此很快投入工作中去,和大家打成一片。由于聪明伶俐,他学本地的语言学得很快,在劳动中也表现出很大的创造性。编织和建造房屋是他从小就熟悉的事,现在做这些事,他感到得心应手,就尽量地发挥自己的特长。他的编织,他做的梁、榫头以及他在柱

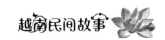

子上、梁上雕琢的各种图像,使每个见了的人都不禁开口称赞。由于他是一个专心干活、沉默寡言,而且十分谦虚的人,周围的人都喜欢他、器重他。

雄王十七世是一个有度量的人,在处理事情时,他常常恩威并施,因此,朝廷大臣和民众都很尊敬和仰慕他。虽然,宫内的事都交给太监管,但他都要去询问,吩咐这吩咐那的。看到梅安沾是一个贤良而又聪明伶俐、做事专心而又心灵手巧的人,国王就心生爱怜,把他收为养子。几年后,国王还为他娶了亲。

他的妻子虽是一个穷苦人家的女儿,却是一个美丽可爱的人。她本来是被选进宫来服侍公主的,雄王见她懂礼节,做事专心又勤快,就认她为养女,给她取名为阿波姑娘。

那时候民风淳朴,因此国王收许多人为养子也是很平常的事。国王的养子并没有什么特权,只是多了一层亲密的关系罢了。国王给养子们娶亲或让养女们嫁人,也都是人之常情。

日子就这样平静地一天天过着,梅安沾得到雄王的信任,当上了一个小官。到三十五岁时,他有了两个孩子,也有了可观的家产:一所整洁漂亮的房子和齐全而精致的家具。公平地说,这些都是他们夫妻两个辛勤劳动得来的,当一个小官的俸禄并不多,如果说国王有时候也给他一些奖赏,那也都是他工作出色的结果,而并非是由于他的官衔。

许多人都为他的幸福而感到高兴,但是也有一些人对他怀着厌恶和嫉妒之心。在他们的眼中，梅安沾只不过是一个来历不明的奴隶，本应遭受轻视，可相反，他却做了官，有了妻子和孩子，日子过得那么舒畅。他们看到梅安沾这么幸福感到十分难受，就暗暗打算陷害他。

一天，因为家里有事，梅安沾夫妇就多炒了几个菜，请客人和亲朋好友一起吃饭。说是客人，实际上是一些和他一起在朝廷当小官的人。在这些客人中有梅安沾不喜欢的人，但不能只请这个不请那个，所以他就把他们都请来了，谁知就这样埋下了祸根。

在他的家产面前，客人们都交口称赞。为了答复大家的盛情，梅安沾把两手放在胸前说："多谢各位的美言，这些都不算什么，不过是一些传世的东西罢了。"

由于没有人能明白他以前信奉的宗教，所以大家听了他的话，都感到很吃惊。尽管如此，大家在宴会上都没有提这件事，只是高高兴兴地吃喝。

但是，从梅安沾家回去后，有几个坏心肠的客人留心到了梅安沾说的话。他们对梅安沾一向抱有嫉恨之心，这一次他们找到了一个证明梅安沾没良心的证据，因为如果没有国王的恩赐，无论梅安沾怎么手巧也不会有现在的家业。于是几天以后，梅安沾的话就被他们添油加醋地禀告给国王了。国王尽管很大度，但是听了之后仍然很生气，便下令把梅安沾投入监狱以待审判。

几天之后，国王在神亭进行审判，梅安沾被带到一个宽阔的大

院子里,许多大臣都参加了审判。

当梅安沾跪着抬起头来时,大家看到他举止恬淡,神色从容。这使那些对他怀有恶意的人感到十分生气。在证人陈述了他说的话之后,他的神色和举止仍然没有改变。

一位心肠狠毒的大臣见此情景,再也忍不住了,急忙站起来,企图迫使梅安沾认罪:"启禀陛下,梅安沾出身于奴隶,得了恩宠却胆敢忘恩。况且,现在他的态度竟然如此不敬。如今,其罪行昭然若揭,请陛下严厉惩治以维护国法。"

另一位大臣也串通一气,站起来说:"启禀陛下,梅安沾这样是犯了欺君之罪,应当砍头示众。"

国王始终沉默着,一言不发。审判会上的空气十分沉闷,四周寂静无声。文武百官们都面面相觑起来。

一位对梅安沾没有恶意而且平常仗义的大臣站起来说:"启禀陛下,梅安沾从前虽然是一个奴隶,但是自从陛下重用他的时候起,他就专心而勤勉地工作,立下了许多功劳。现在他说这样的话一定有其他的含义,请陛下明察。"

国王一边倾听一边点头,然后从容地判决:"梅安沾,我一向重才,就是对家里的人也没有私心,这是大家都清楚的。但是为什么你自始至终仍不服气,而这么轻视国法呢?"

梅安沾跪着,小心谨慎地说:"启奏陛下,小臣由于陛下的恩宠,才有今天,岂有忘恩和轻视国法的道理? 小臣说是传世之物,意思是说人们今世得到什么是由于前世已撒过种子了。在小臣以前居住的地方,从小到大,大家都是这样学习和修行的。请陛下明察。"

听梅安沽亲口说出了这样的话,国王露出了焦急的神色:难道这事是真的? 尽管如此,作为判决者,他还想听听一些参考意见。

那两个欲置梅安沽于死地的大臣又站起来,请求国王让梅安沽在大众面前自杀。他们的理由是:"入乡随俗。"

国王漫不经心地听着,突然,他传令侍卫官拿一把剑来。众大臣还在疑惑之时,国王拿着剑端详了一下,说道:"刚才我听了各位大臣的意见,但是法律对每个人都是严明的。如果梅安沽是从小就生长在文郎国的话,那么他现在就应该在众人面前用这把剑自决。但是梅安沽是在别的地方长大的,如果也这样处理就显得我们文郎国太好杀人了。梅安沽,你自己拿着这把剑到荒岛的尽头,在那里你将自取结果,是死是活你不要怨恨我们。如果你还活着,那么,有一天我们将去迎接你。"

大臣们松了一口气。梅安沽叩头谢恩,然后抬起头站起来,走上去领取了剑。他的举止恭敬而且从容大方。说实在的,从过去到现在,梅安沽从来没有害怕过,就像他从来不懂得阿谀奉承一样。当他被卖做奴隶的时候,当他被封官的时候,当他在家中招待客人的时候以及他被投入监牢的时候,他始终是平静的、坦然的,就像从来没有发生过什么事一样。那些在场的大臣,也是第一次

目睹了这样一个有气度的人。

按照国王的命令,三天之后,宫内的人为梅安沾准备了一艘大船,由一员大将带着随从送他到本国最偏远的荒岛上去。梅安沾是否带妻儿去听其自便,但是粮食可以带足够三个月的,另外可以带上锅碗瓢盆和自己的贵重物品。此外,不准带其他东西,至于剑是用来自绝还是防身就自己决定。这些都是国王的意思。

梅安沾劝阿波姑娘留下来抚养孩子,然后再嫁人,不必跟着他去,因为在荒岛上一个人生活已经很困难了,怎么还能拖儿带女呢?但是阿波姑娘不听,她说他们夫妻生活在一起很和睦,已经生活了十年,又有了两个孩子,不管是死是活都要在一起,而不能一个走,一个留下来。

不得已,梅安沾听了妻子的话,夫妻二人带着孩子上了船。

船先是在河上漂流,然后又漂入了大海,整整过了半个月,船才开到了荒岛的码头,也就是今天的清化省鹅山海域。

这真是一个荒岛啊!当梅安沾夫妇带着孩子走上荒岛时,呈现在他们眼前的是嶙峋的怪石和密密层层的树林。那里只有汹涌的海浪声和响彻天空的猿啼,真是令人毛骨悚然啊!两个孩子紧紧地抓着父母不放。阿波姑娘犹豫不决地望着丈夫。梅安沾则十分坦然地望着周围的景物,然后安慰妻儿道:"老天总是有眼的。父王和朝廷大臣也会明白我们的心情。一切该怎样就会怎样的。"

梅安沾拿着剑砍树开路走在前面,妻子扛着行李带着两个孩子跟在后面。他们走了很久,最后来到一大面石墙跟前停下来,决定在那里盖一个小茅棚暂时住下来。这样,就在那天,他们盖起了一个小茅棚。梅安沾又在里面用树枝搭起一张床,妻子则去寻找淡水回来做饭。

梅安沾花了三天的时间来了解荒岛。他四处行走,砍树开辟道路,到处都是树木和攀缘的藤蔓。尽管如此,在树木和沙滩交接的地方,竟有几块梯田,还有乌龟、海鳖的足迹和老鼠刨的洞。梅安沾心想:只要坚韧不拔,在这儿是可以长期容身的。

梅安沾从来没有抱怨什么,也没有怨恨过谁。几天后,他就和妻儿在那里安顿下来,开始编织竹篓、竹篮,做陷阱来捕鱼、捕鸟和野兽。他们的生活好了起来,每天都有鱼肉吃,但要维持吃喝还必须节省。

同妻子和孩子们一起干活、说笑,梅安沾感到心情很舒畅。想到当初妻子执意要跟自己上荒岛的情景,梅安沾心里更增添了对妻子的爱恋和尊重。看着国王赐给自己的剑,他感到自己没有用它自绝,而是用它来开荒并且开辟新的生活,这对于他自己、妻子和孩子们来说,都是完全正确的,是完全符合名誉和道理的事。虽然他表面上很平静,但内心里却时常感到忧郁:找到种子,才是长期活下去的根本。

由于聪明爱动脑筋,他想了想,就明白了许多道理:岛上的树木有的是自古以来就长在那里的,也有的是鸟儿从其他地方带来种子后来长出的。在陆地上以前是这样，那么现在在岛上也应该是这样吧，一定会有鸟儿带种子到岛上来的。他连忙把自己的想法告诉了妻儿，并且嘱咐他们：当看到鸟儿来的时候，要分外留心它们是否把什么东西扔到地上了。

于是他每天就和妻子、孩子们一边干活，一边看天上有没有什么东西掉下来。他们看了上百次，上千次，甚至上万次，却从没有看见鸟儿带来什么东西。有好几次，两个孩子都厌倦了，梅安沾就安慰他们，跟他们一起玩游戏，使他们高兴起来。

梅安沾他们一家在荒岛上的生活就这么过着，有欢乐也有忧愁，但是从来没有绝望过。一个月过去了，两个月过去了，甚至三个月也过去了，由于他们节省，他们带的粮食只消耗了一小部分，照这样下去，他们还能支撑很长一段时间，他们还有希望。

果然，一个充满希望的好时机到来了。

一天，梅安沾一家吃完饭，正坐着喝水，突然一群大鸟从西边飞过来，然后停在面前的海滩上。那群鸟儿一边叫着一边争着去啄什么东西。不能失去这个机会了，梅安沾这样想着，便从屋里捡起一截儿木头冲到外头去，他一边跑，一边使劲挥动木棍，那群鸟儿惊慌地飞走了。梅安沾赶到那儿，看到海滩上留下几个水果的碎片。他捡起来看了看，这是几片像峰州的胡瓜一样的东西，但是它的皮更绿一些，里面的瓤更红一些，而且还有一些黑色的籽儿。梅安沾想：这可能是某种别的瓜类。

梅安沾认为鸟能吃的东西人一定能吃,于是就把它们洗干净之后,送了一片到嘴里尝尝。他感到一种香甜的味道从舌尖上四溢出来。他把剩下的瓜和撒落在海滩上的籽儿都捡起来,放到衣襟里,包起来,带回家。他让妻子和孩子们吃剩下的瓜,他们吃了之后,也有梅安沾说的那种感觉。

那天傍晚,梅安沾就和妻子、孩子们一起在家门口的一小片地上用剑砍树,刨树坑,整出一块地方来种这个奇异的瓜种。接连几天,梅安沾和妻子、孩子们轮流弄淡水来浇灌种子。七天之后,那垄地上露出了两片小芽。又过了七天,那两片小芽长成了小小的瓜秧。接着又过了七天,瓜秧长大了,在地上长了许多根茎,而且从每一片叶子的旁边长出了一个个小小的瓜来。在这些日子里,梅安沾一家经常给瓜秧浇水、施肥。

那些瓜渐渐地长大了,一天变一个样。开始它们只有玉米粒那么大,后来长成番石榴那么大,但比番石榴还长。过了不久,它们又长得像圆圆的酸杞那样了,最后长得像最大的椰子那么大,十分饱满,还有一层深绿色的皮。这时瓜不再长大了,瓜皮却变得更绿了,同时上面还有一条条淡淡的绿线。在瓜还小的时候,皮上长的那层小小的毛现在已逐渐褪去了,取而代之的是几处薄薄的白皮。梅安沾知道瓜熟了,他摘了一个最熟的,用剑切开,分给每人一块,请家人品尝。

每人吃了一片之后,都感到十分香甜,接着再吃,他们感到某种十分清凉而甜甜的东西进了胃里。那种甜味、那种香味和舒服的感觉，就像最初吃沙滩上鸟儿剩下的瓜时一样，但那时是吃鸟儿剩下的东西，多少还有一些缺憾，而现在，是吃自己亲手种出来的东西，那种感觉就更加舒畅了。梅安沾一家感到高兴极了。尽管如此，谁都没有忘记要留下籽儿来。啊，这些给人多少希望的种子！它们黑黑的，就像番荔枝的种子一样，它们可以保证今后在屋里屋外都堆满瓜，而且可以用来代替饭。

梅安沾深信这一切一定会发生，因为在吃了瓜之后，他感到格外畅快，就像吃了什么补品一样。梅安沾心里暗暗想：这种奇异的瓜必定会给我家带来粮食、衣服和日用品。

他又叮嘱家人，当他们出海的时候，一定要记住向西边走。梅安沾多次观察海面，他感到不论风平浪静的时候还是狂风巨浪的时候，海浪都是拍向西边，有时候是直接流向西边，有时候是潮去潮落，随季节而定。这个发现虽然很简单但很重要，因为海浪将梅安沾一家住的地方同陆地连在一起了，陆地上有许多人生活，他们生产粮食、布匹和日用品，正像梅安沾他们一家亲手种瓜一样。于是当第一茬瓜熟后，他就选了三个瓜，在瓜皮上刻了四个人的样子做记号，然后把它们放到海里，让它们漂向陆地。

日子就这样一天天过着，梅安沾一家忙于种瓜，种了一茬又一茬。正像梅安沾预计的那样，屋里屋外都堆满了瓜。他们吃饱了瓜，每天只需要吃一半的粮食就行，而且还感到很健康。同时，梅安沾还是不断地在瓜皮上刻上四个人的样子,把它们放到海里,让它们漂向陆地。

果然,正如梅安沾预料的那样,一天,有一艘船开向荒岛来了。人们是认出了信号而来的,人们带着稻米和布匹来换取瓜。从此以后,通过这样的交换贸易,梅安沾一家的生活物品就完全充足了,再也不用担心粮食和别的必需品了。

再说雄王十七世,自从那天把剑交给梅安沾让他去荒岛上自决生死以后,有时候想起来,他心里总感到十分郁闷。如果当时不是几个大臣极力诬陷梅安沾犯了死罪的话,那么他是不会判梅安沾那么重的刑的。一边是自己的养子,一边是国法,因此他必须显得公平才行。尽管如此,他相信梅安沾是一个充满才智的人,他希望有机会还能迎接梅安沾回来。

先前,雄王只给了梅安沾一家三个月的粮食,是有意让他从第四个月开始自己谋生,并不是想从一开始就断绝了他的生路。雄王暗自决定三个月之后就派人去打探消息,如果梅安沾还活着,就把他接回来,如果死了,就当他为自己说的话和他的信念而死。

三个月过去了,雄王让人准备了一艘大船,带上充足的粮食、衣服和日用品,由先前的那员大将带领着,扬帆出海,驶向荒岛。

当船到了海边停下来休息,准备蓄精养锐以待第二天进岛时,士兵们看见海边的集市上在卖一种从未见过的瓜。将军让士兵们去买瓜并询问卖家那瓜是从哪里弄来的。当得知瓜是从荒岛上的梅安沾夫妇那里交换来的之后,将军和士兵们都很高兴,第二天,他们就扬帆前进,驶向荒岛。到了那里,他们果然看见了梅安沾夫妇的家业,他们美美地吃了一顿瓜,大家都十分高兴而且都很佩服梅安沾。而梅安沾仍然像以前那样十分平静。

将军传达了雄王的命令,然后帮着梅安沾收拾好行李物品,并把瓜运到船上。十天后,他们回到了京都,所有回来的人都去面见雄王。

当被问及荒岛上的生活时,梅安沾用十分尊敬的口吻回答了雄王,他原原本本地讲述了事情的经过,讲的时候既没有流露出怨恨的神色也没有什么喜悦的表情。雄王一面看着自己的养子,一面想:梅安沾以前说的是实情,他并没有轻视君王的意思。传世之物的意思就是善有善报,恶有恶报,古今一切事都是如此。但是遗憾的是,天下没有几个人能明白和相信这个道理啊。

在梅安沾回到峰州后的第一次招待会上,来了许多人,包括文武百官,雄王让人把瓜打开请到会的人吃,又命人将剩下的瓜送给那些没来参加招待会的人。雄王的决定正好表达了梅安沾的愿望:他也希望人人都尝尝这珍奇的瓜,而且,从此每家都有种子来种它。

大家一边吃,一边交口称赞。雄王问梅安沾瓜叫什么名字,梅安沾站起来回答说:"启奏陛下,当有人带着东西来交换此瓜时,小臣就把这瓜称作'西瓜'。下臣之所以这么称呼,是因为最开始的种子是鸟儿从西边带来的。"

雄王听了,想了想,说:"从西边来也就是从大陆来,可是为什么从古到今从来没有听说过有这种瓜呢?如果是从西边的某个国家来的,难道我们不可以用那个国家的名字来称呼这种瓜吗?"

在场的人想了很久,但大家你看我,我看你,都默不作声。过了一会儿,一位诚实而直率的大臣站起来说:"启奏陛下,臣以为还不如按照它的特征来取名。这种瓜吃起来又甜又清凉,就是因为它里面有很多水分,因此,臣以为可以称它为'可口瓜'。"

雄王摇摇头说:"这个名字只说对了一部分含义,但听起来没什么感情。我却认为可以称之为'透瓜'。'透'的意思是说当我们吃了它之后,那甜味和清凉的感觉就仿佛深深浸透到我们的肝肠里了。'透'也可以警醒大家,从今以后要透彻地明白梅安沾的冤屈。此外,'透'还可以提醒人们在说话和做事时,必须前前后后思考透彻。"

听雄王这么一说,文武百官都沉寂下来了。他们都从心眼儿里佩服雄王的英明,因为他们想起了三个月前,正是雄王判决梅安沾带着剑自决生死才有今天的瓜。

从此以后,梅安沾带回京都的瓜种就在全国遍地种开了,并且这种瓜就取名为"透瓜"。但人们传着传着,就说成了"侯瓜"。

而清化省鹅山地区的人们一直把它称为"西瓜",用以纪念这位首先种植并为这种瓜最先起名的人。

在荒岛上,梅安沾首次得到瓜种的地方被取名为"安沾滩"。梅安沾一家以前盖的房子被人们建成一座庙,以便世世代代纪念这位"西瓜始祖"。

在荒岛上,梅安沾一家走后又有许多别的人去居住。他们建成了村落,而且继承了梅安沾种瓜的职业。随着时间的推移,这个村子的人越来越多,也越来越热闹,后来,这个村子就取名为"梅安沾村",并一直沿用到现在。但为了避讳始祖的姓名,人们只称它为"梅安村"。

粽子的来历

与中国一样，春节是越南民间最盛大的节日。按照越南的传统习俗，春节期间，家家户户要吃糯米粽子。这种粽子个头很大，内有肉、豆沙、葱等，形状有方形和圆形两种，取自古代天圆地方、天地合一的含义，象征风调雨顺、五谷丰登、大吉大利。粽子是越南春节必不可少的传统食品，与中国北方过年必吃饺子的习惯相同。说起这春节吃粽子，越南还有一个美丽动人的传说呢。

雄王六世在打退了瓯国侵扰，保持了国家的稳定之后，就着手选拔继承者。雄王有许多妻子，妻子们总共生了二十二个儿子。那时候，孩子多意味着兴旺，但是，也正是因为这样，要选择一个继承王位的人就十分困难了。

雄王是一个英明、勇敢的国君，他从战争中吸取了具有历史意义的经验教训，那就是作为一国之首，必须德才兼备、品德高尚。只有这样的人，天地才会拥护、包容，人心才会感服、听从，也只有这样的人才能有足够的力量担当起重任。因此，雄王认为不能像以前那样把王位传给长子了。在众多的儿子中已经长大成人可以交付重任的也不少，但是很难区分出谁是德才兼备的人。到最后，雄王已经年迈体弱了，但还是没有选定一个人，于是他传令：组织一场比赛来选继位的人，这样，既显得公平又抛开了常规。

雄王认为高尚的品德是最重要的，因此，继位的人必须是一个对天地、对祖先、对父母有孝心的人。有这样的孝心，天地才会包容，人心才会感服，才能集中力量办好国家大事，也只有这样，才能取得成功。这种孝敬之心，按照雄王的意思，应该就像过新年时供奉给天地、祖先的祭品一样，首先用来供祭，然后父母和大家一起分享。

雄王有了这样的想法之后，就决定：在新年的第一天，让皇子们每人准备一盘礼物。通过这盘礼物就可以看出他们的品德和才能了。谁拿出最好的礼物，谁就有资格成为继位者。

雄王提前三个月就颁发了命令，以便皇子们有时间准备。

在得到父王的命令之后，皇子们便和他们的家人们商讨对策并争相准备起来。他们中的绝大多数都认为用来供奉的礼物应该是珍稀、奇特的礼物。如果能弄到许多珍稀的东西就证明自己是一个有诚心而又有才能的人，也就有资格继承王位。

虽然都是皇子，但是并非人人都一样有财有势。那些乖巧的皇后和皇妃就想办法赢得雄王和大臣们的心，以便日后得到荫庇，而皇子们则派家丁四处收买珍奇的物产。他们上山收购香菇、孔雀、凤凰，还有熊掌和犀牛角；他们下海捞取海参、珍珠、玳瑁……把世上的物产都准备齐全了。那些钱多的人不论多贵的东西都毫不犹豫地买下来，而那些钱少的人则一边买，一边自己带领家人四处去寻找、搜求合适的礼物。一场比赛就这样沸沸扬扬地展开了。成群的人带着弓箭和棍棒上山了，又有成群的人扬帆下海了。那时候，虽然人们已经知道了一些只有王公们才偶尔能吃到的稀有而珍贵的食品，如孔雀肉包的酸肉粽子，凤凰肉做的煎脍，以及熊掌、犀牛肝、海参、燕窝等等，但是他们的烹调技术十分有限，只会简单地剁几块，撒上盐晒干，还不会把它们做成点心。皇子们和他们的家人费尽心力去寻找珍贵的东西，这虽然表明了他们的孝心和才智，但无形中他们已经犯下了一个严重的错误，那就是他们忽视了广大老百姓的饮食需求，而恰恰是这种需求才是保持国家稳定的必要基础。他们没有像他们的父王那样从击退瓯国的战争中得出那种清醒的认识和经验教训。

有二十一个皇子和他们的家人都朝着同样的思维方向开始行动了。只有第十八皇子的想法不同，很独特。

这位皇子名叫阿柳，正值成年，有自己的家庭，但是并不富裕。他很小就死了母亲，一直同奶妈生活在一起。虽然得到了精心的哺育，但不管怎么说，他在许多方面仍然失去了许多。如果说其他皇子从小就得到细致的照顾、严格的教育，那么十八皇子则被照顾得马虎、管束得松一些，正因为如此，从小他就经常玩一些泥沙游戏。由于从小聪明,有头脑,有创见,因此那些泥沙游戏也给他带来了许多乐趣。那些泥巴一会儿被他捏成方的,一会儿捏成圆的,一会儿捏成锅,一会儿捏成各种动物。那些沙石有时候被他用树叶包上,假装成吃的东西或者用来做猜谜等等。这种泥沙游戏的玩法,其他皇子不知道,或者知之甚少。

随着年龄的增长,十八皇子变得越来越聪明伶俐。他认识到当稻米煮熟成了米饭时,最下面靠近底部的部分就会形成一个锅的形状。他还知道当饭熟了而且还是热的时候,可以把它捏成各种想要的形状,就像用泥土玩的那些游戏一样。这样的认识虽说很简单,但对他即将要做的事却很有帮助。

当其他皇子专心上山下海寻找奇异的东西时,十八皇子却从容地坐在家里。他知道如果自己也像其他皇了一样,就一定会输。他怎么会有那么多钱财和家丁来同那些富有的人比呢?他很明白父王的心思,他想:这个比赛主要是斗才斗智,而不是为了斗财斗势。父王有那么多财宝和将士,哪里还需要他的儿子们带着财物和家丁来比试呢?

当时的人们认为天是圆的,地是方的。十八皇子通过认真思考,明白了如果要孝敬天地和祖先,就要用一种既像天地的形状又是天地间的物产来做贡品。因此,这种食品就必须包裹或者捏成圆形和方形,就像他从小用泥巴做的东西一样,而现在是要用食品来做,而不是用泥巴。那么,这种食品是什么呢?将用什么来包制呢？那时候,饼这种食品还没有出现。

在那些可以用来包裹或者捏的食物中,皇子阿柳想到了稻米,米做成饭后就可以按照意愿来做成各种形状。但是在粳米和江米中间选择哪一种米呢？只稍微比较了一下,皇子就感到自己应该选择江米,因为江米又香又甜,做成饭后还比粳米有韧性。

象征着地的食品的形状自然也应该呈方形。这种形状可以用包大米的方式造出来,当米熟了后就可以把它包成想要的样子。用来包的叶子可以选用香蕉叶或黄精叶,这两种叶子既易得到又没有毒。但是香蕉叶比黄精叶容易破损,因此他选用了黄精叶。至于包的线则选用江竹篾,大家都知道江竹的篾是最柔软的。

当用黄精叶包好的米煮熟的时候,叶子的绿色印在米的外层。这种礼物有两个特点:剥开叶子后既呈方形又有绿色,并且是生长在地面上的植物的绿色。

皇子接着想,土地提供稻米来养活人类,在地上还有成千上万种野兽和植物也在供人类食用。因此在米里面必须包有象征这些食物的馅,而且这些食物必须是有代表性的。

这样想了之后,皇子决定选用猪肉、葱和绿豆来做馅,因为这三种东西又香又甜,十分可口,而且它们是地上的物产中的代表。把它们同江米饭一起吃口感极好,胜过仅仅单吃江米饭。

做完了这种象征土地的食品后,皇子阿柳又开始思考怎么做象征天的食品。

天是穹隆状的,可以从一个点上观察,然后辐射到四周。这样,象征天的食品就必须底部是平的,而上面呈穹隆形,也就是半圆形。天没有绿色,因此不能用前面的那种叶子包,因为它会染色的。而且,半圆形不能用叶子包出来,而只能用手捏出来,就像小时候玩泥巴一样。

江米蒸成饭后就可以捏成半圆形,但不够油滑,不足以代表天。想要米光滑就必须舂一下,舂完之后再捏就光滑了。

因为天常常是笼罩着地的,因此在代表天的食品中必须有一种代表地的食品。这个代表,阿柳选择了绿豆。因为江米要舂,所以绿豆也要舂,以便显得光滑。而且豆有香味,同江米一起吃起来更有味道。

由于天是纯洁而明亮的,因此只需用光滑的江米裹上绿豆就足够了,不需加上葱和肉之类的东西,要不然,反而毁了它的清纯。

江米蒸熟舂过之后,再放入舂过的熟绿豆。然后把它揉成圆形放到一片香蕉叶上,过一会儿,它自然就形成了下面平上面圆的形状,也就是天的形状。

阿柳想好了要做这两种模仿天、地的形状的食品后,他把自己的想法与妻子和家人商量,然后大家就一起准备起来。由于江米、绿豆、猪肉、葱、黄精叶,都是家中有的东西,即使没有,也很容易弄到,因此,大家都兴高采烈地干起来。

材料准备齐全之后,阿柳就动手做起来,他一边做,一边教大家做,然后大家一起做。做起来并不难,只需要把东西洗干净,做的时候小心点,再加上一点技巧就能做成了。

正好到了除夕那天,皇子阿柳的两种食品都做好了。但是把它们称作什么呢?不能叫江米饭,再说也不像。皇子想啊想,最终决定把它们命名为"饼"。象征地的饼叫"方粽",因为它代表了地上的一切事物。象征天的饼叫"圆粽",因为它圆满得像苍穹一样。

于是他完全放心地等待着大年初一的早晨,那时他将带着礼物去供奉天地、祖先,并且同其他兄弟们比试才能。他并没有抱定必胜的希望,只希望父王能明白自己做这两种糕点所表现出来的心意。在他的内心深处只想到自己表达了完整的孝敬之心,自己会感到无比坦然。

大年初一那天清晨,天刚蒙蒙亮,二十二个皇子和家人们就带着礼物来到南郊坛①参加祭天仪式。在礼台的周围,站着手执着长矛的士兵,气氛十分庄严肃穆。雄王和文武百官都穿着礼服,皇子们也是如此,而普通老百姓则穿着五颜六色的衣服。京都峰州历年来的新年初一还从来没有像这天一样热闹过。

仪式进行的程序是这样的:先是举帽大礼,接着是考察皇子们的礼物,然后聚起来讨论、做决定,最后公布结果。

雄王行完大礼后,就和大臣们一同来观看皇子们的礼物。皇

---

① 南郊坛是古代越南都城祭天的神坛,相当于中国北京的天坛。

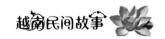

子和大臣们围坐成一个圈,民众则在外面围坐成一个圈,他们都十分紧张地盯着雄王的一举一动。每次看到雄王点头或摇头,人群里就传来一阵窃窃私语。

人们在那些充满山珍海味的华贵的礼物面前都不禁深深叹服,他们看到自己的主人皇子都带着一种可怕的眼神,因为他们都感到自己的礼物比别人的差远了。

雄王,这位刚刚打完仗的领导者也是头一次看到这样的情景。他走过那些华贵的礼物,露出坦然的神色,使礼物的主人都不免忐忑不安。但当走到十八皇子的礼物面前时,他和大臣们都不禁停下了脚步。呈现在他们面前的是他们从来没有见过的东西,更使他们奇怪的是其他二十一个皇子放礼物的大盘子里堆满了碟子和碗,而这个盘子虽然也放满了,但是只有两种东西,一种敞开着,另一种包得紧紧的。

雄王立刻传诏十八皇子来问个究竟。

同前面只尝一点就作罢相反,这次,雄王让皇子阿柳把粽子打开,请大家一起吃。这实在是给皇子阿柳带来了一个取得支持的良机,因为那时雄王和大臣们都饿了,他们各吃了一个方粽和圆粽后,感到越吃越好吃,而且那种香味也十分熟悉。而前面吃的那种山珍海味,贵重是很贵重,可是他们以前都吃过,现在不需尝就知道是什么味道了。

雄王对十八皇子的礼物十分满意,但他什么也没说,到最后同

大臣们会聚起来商量时，他仍然保持沉默，先听大臣们的意见。但是那些大臣绝大多数都是代表富有皇子的利益的。有人说大皇子最有资格继承工位，因为他的礼物最好吃、最奇特。有人说二皇子的礼物也不错。而第三个人则振振有词地说三皇子的礼物才是最好的，因为他有一些特别珍稀的食物，而且这些食物是其他皇子所没有的，等等。在商议会上，争论十分激烈，大家各执一词，互不相让。

雄王仔细地听了各方的意见，但是感觉没有一个人同自己想的一样。最后，他站起来，雍容大度地说："刚才我听了诸爱卿的意见，感觉你们说得都有道理。各位皇子都不辞辛劳地准备了很好的礼物。谁都想通过这些礼物表明自己的孝敬之心和才智。尽管如此，我感到皇子阿柳的礼物最好。孝敬天地就把礼物做成天地的形状，而且在里面包上天地间的产物，我感到这既表明了诚心又有深远的意义，孝敬祖先和父母，就把他们比喻成有天高地厚，而且吃起来很香，我感到再没有更好的了。作为人子，无论穷还是富，都要对天地、祖先和父母有孝敬之心。如果忙于上山下海，那么有几个人能有足够的礼物来表达自己的心意呢？像皇子阿柳这样使用江米、猪肉、绿豆和葱来做的糕点，都是一些香甜可口的东西，也都是一些人人能弄到的东西。逢年过节的时候，如果大家都做这样的糕点，那么全国的人都可以拥有这种既周到又可口的礼物了。"

听了雄王的一席话，会场上一时鸦雀无声。那些刚刚还极力为自己支持的皇子说话的大臣，此刻都感到十分困窘。雄王的话合情合理,无法反驳,而且不存在偏袒之心。到了午时,在南郊坛上,雄王隆重宣布了比赛结果和继承王位的皇子的名单。骚动的兵士和人群立刻安静下来听雄王讲解用糕点来象征天和地的意义和方法。当皇子阿柳走上礼坛时,四面八方响起了雷鸣般的掌声。雄王六世的英明和才智及那令人佩服的品德终于有了继承人,而且他一定会不负众望。

等到欢呼声稍微平息了点,雄王又郑重地宣布:"我命令从今以后,每逢过节的时候,每家每户都要做这两种糕点来答谢天地之恩,供奉祖先。有了这样的孝心,天地才会让我们风调雨顺,避免天灾和疾病;祖先才会保佑我们,帮助我们。"

几年之后,雄王驾崩,皇子阿柳正式即位,他就是雄王七世,号为雄昭王("昭"是"柳"的变音)。在其他二十一个皇子中,有的十分佩服新雄王的德行和才能;有的则暗含嫉妒之心,他们派家丁砍树回来在自己的土地上做了一圈篱笆,自立门户。

雄昭王是一个谦和而又有才智的人,他显示出了惊讶的神色,却没有派兵去镇压。到了过节的时候,他还派大臣们带着礼物逐个赠送给这些皇亲。礼物中有酒、槟榔和粽子。就这样过了三年,那些篱笆丝毫无损,皇子们这时都感到悔恨,再也不让家丁们去砍树回来做篱笆了。

像雄王六世一样,雄王七世也是一个明君。他的后裔一直继承王位,直到雄王十八世时才终止。

槟榔的故事

在越南,人们吃槟榔的历史很悠久了,一度成为风靡全国的习俗。人们不仅茶余饭后要嚼槟榔,甚至走路的时候,赶集的时候,休息的时候,无论何时何地都爱嚼槟榔,槟榔还成为青年男女订婚的信物。人们有句俗语说:"要办事,吃槟榔。"这充分说明了槟榔在他们的日常生活中的地位。越南妇女尤其爱嚼槟榔,她们嚼槟榔时把槟榔与蒌叶和蚌灰同时放入嘴中,三样东西混合后立即发生化学反应,变成血红颜色的汁液,久而久之,牙齿和嘴唇都被染成黑色,据说有健齿的作用。"粉脸黑齿"曾经是美女的象征。现在,在越南农村中仍然有许多人爱嚼槟榔,那么吃槟榔的习俗是从哪里来的呢? 关于这个,还有一个美丽的传说呢。

从前,在雄王时代(不清楚是哪一任雄王了),在某个村子里,有户人家生了两个儿子。哥哥名叫阿舟①,弟弟名叫阿高②。他们

---

①②"舟"和"高"分别为越南语中"槟榔"和"蒌叶"的音译。

046

年龄相差不大,都长得英俊魁梧。他们的性格都很深沉,爱好也很相似。尤其是从外表上看,面孔、身材、走路的姿态、说话的神态等等,就更加相似,宛如一对双胞胎。

当他们兄弟俩还没有长大的时候,父母就老了,然后就相继过世了。他们原本生长在一个小康家庭,先前父亲立过功,得到了雄王的封赏,他们兄弟从小就受到了很好的教育。兄弟俩一直跟附近的一个私塾先生学习,说起来是附近,其实距离也还是很远的,因为那时候的村庄稀稀落落的,村庄之间相距很远。

老师是他们父亲的至交。他们的父亲死后,老师把他们接到家里吃住以便他们更好地学习。老师有一个女儿,长得很漂亮,才色俱佳而且风姿绰约,而且也到了成年,跟他们兄弟俩年龄相仿。

不说大家也都明白,才子佳人生活在一起,早晚会产生恋情的。他们两家的父亲早年也曾订了盟约要成为儿女亲家。姑娘的父亲最初把两个孩子接回家时,由于他们还没有为父母守满三年孝,另外,他们还要学习,所以就什么也没说。但老师没有想到后来两个男孩都暗自喜欢上了自己的女儿。

由于老师是一个很有威望的人,因此来跟他学习的人很多。刚开始在老师家上学时,那些少年感到很陌生,有些不适应,但当他们知道老师家有位美丽的姑娘时,他们的心里都充满了希望和梦想。那时,师生关系比较严肃,因此少年们只是偷偷地爱慕着姑娘,表面上谁也不敢做出举动。阿舟、阿高兄弟也是如此,虽然在老师家经常可以见到姑娘，但他们都十分谨小慎微，从不说一句过分的话，也从不设法同姑娘单独一起聊天。作为一个有教养的家庭里的孩子，他们的父亲和老师先前还是亲密的朋友，因此他们必须保持体面。

由于兄弟俩都是深藏不露的人，因此他们互相也没有告诉彼此的心思，都把自己的想法藏在了心灵深处。他们并不是故意这样以便将来互相欺骗，只是他们的性格就是如此，这使得他们必须这样做。

时间过得很快。表面上似乎没有什么事情发生。两兄弟处理事情仍然是合情合理的。

至于姑娘，在父亲众多的学生中，她对那两兄弟最有感情了，认为只有他们两个才是自己将来可以托付终身的人。尽管如此，姑娘内心里明白自己是不可能嫁给两个人的。可是由于两兄弟长得太像了，姑娘心里时常感到一筹莫展。但这姑娘是个聪明人，她也采用了十分合理的办法：她时常表现出坦然的样子，从不表露自己的心迹。像当时其他妙龄女子一样，没有父母之命，她是不会自己去结交男子的，无论她内心多么爱慕他们。

那时的民风很淳朴，不像现在这么开放，因此他们相处了很久也未发生什么令人遗憾的事。在外人看来都没有感到有什么异常，只是在他们每个人的内心暗暗滋生了渴望之情，这种感情也深深地折磨着他们。

就这样,时间过去了三年,三年是充满欢欣也是充满忐忑的日子。三年过得很快,但对他们三个人来说这三年也十分漫长。

到了学业期满的那天,也就是两兄弟为父母守孝满期准备收拾行李回家的那一天,老师把哥哥和姑娘叫到身边,把先前两位父亲订下的盟约告诉了他们,让阿舟与女儿结为夫妻。

几天后,他们举行了婚礼,许多亲戚和乡亲都参加了他们的婚礼。当姑娘变成了新娘回到丈夫家生活后,三个人之间的感情就变得更加复杂了。从表面上看,他们三人互相照顾,相处得很好,但在每个人的内心都掀起了波澜。这时候他们中的一切都显得很不自然,这就预示着他们的感情不可避免地要破裂了。

感情的波澜首先来自弟弟,也是最先从弟弟身上爆发出来的。先是自己爱的人要成为嫂嫂的消息像晴空霹雳一样打击了他,接着是婚礼,而且佳人从此要天天生活在自己家里。

假如姑娘嫁给了别的同学,也许阿高的思念之情会渐渐减轻一些,但偏偏是嫁给了自己的哥哥。这样每天不可避免地要见到自己曾暗恋的人,因此那感情的火焰在他心里越烧越旺了。在老师家学习的那些美好的日子又浮现在他的眼前,清清楚楚地在他的心里闪耀。他也明白按道理自己必须把这种感情深埋在心里,但他难以抑制住内心里相反的想法。每当面对嫂嫂的时候,他的心就跳得厉害,这使得他的举止变得很难为情。这种感觉折磨着他,尤其是当他独处的时候,夜幕降临的夜晚,他的心痛苦得几乎没有力气跳动,血管里的血也几乎停止了流动。可怕的孤独撕扯着他的心。有一次嫂嫂误认为他是哥哥而叫他,还有一次他从地里回来,嫂嫂误认为他是哥哥就上来抚摩他,这个时候,他的孤独简直到了无法忍受的地步。

一天清晨,当哥哥和嫂嫂还未起床的时候,阿高一个人静悄悄地离开了家,他带着一颗破碎的、绝望的心往前走,走啊走,一直往前走,他自己也不知道去哪儿,只是想走,走到一个远离家的地方去。

阿高并不怨恨哥哥,因为哥哥多年来一直尽职尽责地照顾他。自从父母去世后,他们兄弟就相依为命。他们同吃同住,同甘共苦,好得就像一个人。

阿高也完全没有怪罪嫂嫂的意思。他知道她对自己也是有感情的,但现在身份不同了,她也极力做得周全,没有什么值得埋怨的。有时候发生了误会,两个人都羞红了脸,但过后一切又都恢复正常。不知道嫂嫂是怎么想的,反正阿高在这种误会之后,一个人坐下来的时候就感到格外地孤独和烦恼。

他之所以要出走,正是为了解脱自己,为了让哥哥和嫂嫂两人能够享受幸福的生活。他以为自己一离开就会好受一些,谁知越走越难过,家的影子,哥哥和嫂嫂的样子总是浮现在眼前,挥之不去。他们是他最亲的人,是他不能离开的人,但同时也是他从今以后不能在一起生活的人。

他的头脑里一片空白，就这样昏昏沉沉地往前走。有一阵子，他想拐进一个村子去请求在那里吃住几天，然后再考虑长久的生计，但立刻他就发现自己不能那样做。他的情感脱离了理智，于是他就这样放任自己不停地往前走。他不想吃，不想喝，更不想在任何地方停下来。

当他来到一条波涛汹涌的河边时，他已经筋疲力尽了。他坐在岸边呆呆地望着流水。

他想跳进河里，随水流走。但转念一想，这样死去显得太怯懦了，于是他又安静地坐下来了。河水无情地奔流着，四周一片寂静，没有人到这里来，甚至连鸟儿也见不到一只，一切是这么安静，又是这么荒凉。

他就这样带着愁苦和辛酸坐着，仿佛可以这样持续千万年似的。终于到了那一刻，他的双眼无神了，头脑停止了思考，心脏也停止了跳动。他死去了。

他静悄悄地死去了，但奇异的是，他的死似乎感动了天地。

几天之后，在他坐过的地方长出了一棵树，这棵树很快就长成了参天大树，给周围撒下了一片绿荫。那些树叶，虽然很绿，但有的地方已经裂开了口子，仿佛体现了那种痛苦和悲伤会延续上万年似的。尽管如此，无论狂风和暴雨都不能摧垮这棵树，它总是高高地矗立在那里，这又仿佛印证了那种高尚的爱情和忠诚的灵魂是永远不会消失的。

过了一些日子,树上开出花朵来了。那花儿芬芳四溢,晶莹剔透,仿佛是阿高用自己的心做出来献给人世间的礼物。后来,花儿结成了果实,那是一些绿色的椭圆形的果实,这是爱情和痛苦的结晶。从此,花开花落,年复一年。

虽然常年经受风吹雨打,那棵树却岿然不动。只是有时候,几片树叶会笑出缝来,但仔细一想,那或许正是一个苦行人的笑。

再说兄嫂二人看到弟弟走了很久也不回来,他们等啊等,等得越来越心焦。两三天过去了,接着十天也过去了,仍然杳无消息,他们的等待变成了痛苦的折磨,心中涌起了悔恨之情。

哥哥想起了兄弟二人在一起的那些温馨的日子,暗自责怪自己为什么这么早早地结了婚。这种折磨又使他清清楚楚地想起了父亲在世时说的话:兄弟二人要在一起生活一辈子,要互相照顾。

尽管身边有一个漂亮的妻子,但他时常感到烦恼。这种烦恼逐渐变成了忧伤,因为多年来他们兄弟相依为命,从来没有分离过。弟弟的音容笑貌时时浮现在眼前,仿佛在责备他,使他备受折磨。

终于有一天,他不能再忍受了,他听从了妻子的劝告,准备出去寻找弟弟。他走啊走,一边走,一边打听消息,只要得到一点消息,他几乎没命地赶路。

他后悔自己在结婚前没有仔细考虑,结婚后又冷落了弟弟,唉,要是自己有分身术就好了!

以前，他也想过为弟弟盖一所房子，再给他娶一个媳妇，但又怕这样一来，弟弟误认为自己要赶走他，所以就没那么做。兄弟俩从小相依为命，十分亲密，到现在，稍微有一点分开的倾向都会使他们痛苦。阿舟就这么一边走，一边想，他想，如果弟弟不幸发生了什么事，他一定要负起责任。他一定要保护弟弟，照顾弟弟一辈子。

他走啊走，一直往前走，他不想吃，不想喝，也不想在任何地方停留。当他的面前出现了那条波涛汹涌的河流时，他感觉到弟弟一定到过这里。这里没有一个人影，也没有一条渡船，周围的一切都静悄悄的，他突然想到弟弟可能已经不在人世了。他走到那棵大树下，深深的悔恨像山一样压在他的头上，手中的行李无力地掉在了树下，他抱着树伤心地哭起来。他哭啊哭，直到哭得眼睛渐渐没有了神采，全身失去了感觉，他的心渐渐地停止了跳动，死去了。

他死了，却没有表露出一点冤屈之情。天上，白云在飘；空中，鸟儿在飞翔。云彩和鸟儿都并非无情之物，天地都证明了阿舟怜爱弟弟之心以及他的后悔之情。

几天后，在他坐过的树底下长出了一棵藤。藤茎绕着树根往上攀缘，一直攀到树顶。藤上长出了一片片的叶子，而最上面的一片叶子的形状就像一颗绿色的心。叶子上那些均匀而细密的纹路就像滋养着身体的血脉一样。

大概谁见了这种藤缠绕树的方式都会感到老天爷也是有情

的,天地显灵让他们兄弟永远这么亲密相拥。哥哥对弟弟的感情似乎也通过那心形的叶子得到了表现,而且似乎要这样世世代代地诉说下去。

至于那位嫂嫂,自从劝丈夫去找阿高后,她就日夜坐卧不安。越等越没有消息,又不见有人回来,这使她感到十分孤单。当她感到这样苦苦等待不会有结果时,她也决定出去寻找,寻找丈夫,寻找弟弟。她也走啊走,一直往前走。一边走,一边打听消息,一听到什么消息,她也是拼命地往前赶路。在她的心中也时常浮现出兄弟俩的样子来,似乎他们都在告诉她,他们三人的命运是不可分离的。

她从来没有隐瞒自己的感情,以前,她对兄弟俩都有感情,那是因为她分不清谁是哥哥,谁是弟弟。尽管如此,结婚后,她能分清他们了,就十分注意自己的言行举止,尽量做得妥当。有时候弄错了,那也是因为不小心,而绝不是她在感情上有什么含混之处。

她非常爱丈夫,也很理解弟弟的心情。唉,可惜她不能把自己劈成两半儿。

她也想到要为弟弟盖房子,然后给他娶媳妇,但丈夫都没说这些,她又怎能先说呢?她没说这些也是因为她知道他们兄弟俩从小就十分亲密,她怕自己说了之后影响他们兄弟的感情。

她也责怪自己,因为正是自己的缘故,才使弟弟离家出走,也正是由于自己,兄弟二人的感情才出现了裂痕。唉,命运为什么对人这么苛刻啊！

她仍然埋头赶路，她自己摸索着往前走，有时候也得到过路姑娘的指引。当她来到那条波涛汹涌的河流面前时，她感到自己的寻找已经变得毫无意义了。她绝望地在河边靠着树坐下来，一任那孤单之情撕扯着自己的心。

太阳还悬在半空中，灿烂的阳光使人有些眩晕，四周的景物一片寂静。她靠在树上，不想吃，也不想喝。起初，她还能看看那心形的叶子，后来，她的呼吸渐渐变缓慢了，心脏也逐渐停止了跳动。

她带着辛酸和深深的思念死去了。她的身躯变成了一块石头，躺在那有青藤缠绕的树底下了，仿佛在向后世的人们诉说着她那赤诚的忠贞的心。

那时候，雄王经常带着士兵们一起游历各地，一面欣赏锦绣河山，一面设法开垦荒地，另外，也顺便了解一下各地的奇树异草。

一天，雄王和他的部队来到了河边，他们正好在那处有石头、大树和青藤的地方休息。雄王感到那树是一种奇特的树，就派士兵爬上树去摘几个果实下来。

雄王用刀将果实切开了一角，取出一片放到嘴里尝。他顺手扯了一片青藤的叶子，他想，它们之间一定有某种联系。他撕了一小片叶子放到嘴里同果子一起嚼。他感到舌尖上有一种辣丝丝的滋味，而身体里却有一种说不出的轻松愉快的感觉，这使得周围寒冷的空气也似乎变得暖和起来了。他继续咀嚼着，感到一种香味弥漫开来，这种味道真是太适合他的口味了。

尽管如此，为了慎重起见，他没有将它们吞下去，而是把它们吐了出来，没想到正好吐在那块石头上了。

那块石头，虽说在大树和青藤下，但由于树和青藤都太高了，只能为它遮住一点点荫，由于它长期在阳光下暴晒，因此表面上有一层白色的灰尘。可是当雄王把东西吐在上面时，奇怪的事发生了，石头表面的那层白色变没了，取而代之的是一层红色。这一切变化使看的人都惊得目瞪口呆，雄王也感到很吃惊，但他感到吃了那种奇异的果子和叶子之后，除了感到热和极其舒服的快感之外，绝没有什么不妥的地方。

雄王又派了一个士兵上树把果子全摘下来，另派一个士兵把青藤上的老叶子摘下来，然后让士兵去附近的村子里找几个老者来询问事由。

深秋的夜晚有点凉，雄王和众人一起吃罢饭，让士兵点燃火堆并往里面扔了几块石头。当地的几位老者应雄王之诏令也都来到火堆旁，坐下来。

在听了老者讲述两兄弟如何从小死了父母，如何去上学，又如何娶妻，而后，三个人又如何在河边消失，在他们消失的地方又如何出现了大树、青藤和石头之后，雄王沉吟了许久，然后站起来说："我们人类的情感真是深厚，竟然能够感天动地。从今以后，我们都要记住：兄弟之间一定要和睦，夫妻之间一定要忠诚，那两兄弟

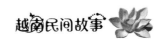

和那位姑娘就是我们的榜样。"

说完,雄王让人把火堆中的小石头取出来放到盛水的瓶子里。他又让人把果子切开,分给每人一份,让大家同他一起放到嘴里吃,以便大家把这个曾经感天动地的道理记在心里。

奇怪的是,大家吃完后都交口称赞味道美极了。每个人的面色都变得红润起来,两片嘴唇都变红了,体内也都有一种暖烘烘的感觉。同时,一种浓浓的香气在周围的空气中弥漫开来。

吃完,大家一起聊天,一直聊到深夜。所有的人都认为这应该成为一个极好的风俗,让它世世代代流传下去。可是所有的人都不知道管那两种植物叫什么名字,而在谈到这个风俗的意义时,大家的意见也不一致,有的想叫"和睦的兄弟",有的想叫"忠诚的夫妻",还有的认为应叫作"二者的意义",等等。

听了大家的讨论之后,雄王思考了很久,最后,他站起来说:"我认为老天爷想得太周到了。从今以后,无论在祭祀的时候,还是在求婚的时候,抑或是在葬礼上,等等,都要有这三样东西。首先是答谢天地的恩情,然后大家一起享用并传颂这个美好的故事。它的深刻的意义就是如此,但是为了让每个人都容易记住,我想就用这两兄弟的名字来给那两种植物命名,至于这个风俗就叫作'吃槟榔'吧。"

按照雄王的命令,那河边的两种植物在各地广泛种植起来。"吃槟榔"的习俗从此广泛流传开来,并且一直流传至今。

海水为什么是咸的

从前,地上的人们没有像今天这样的盐吃,人们不得不从森林里采一种叶子来当盐吃。

在天上,有一个国王,他有三个孩子。最大的是儿子,名叫克藤;接下来是两个女儿,姐姐叫歌芭,妹妹叫歌布拉。三个孩子都长大成人了,他们各怀绝技。儿子克藤会打铁,他会造一种锋利的尖刀;歌芭姑娘会打鱼;至于歌布拉,她最擅长做饭了,她做饭烧菜煮汤都十分内行,由于她做的菜五味俱全,父母对她十分喜爱。

国王的孩子们都清楚地了解人间的事情。看到地上的人们烧菜煮汤都不香,歌布拉非常同情他们。一天,歌布拉向父母请求道:"妈呀,爸呀,请让孩儿我到地上帮人们做菜烧汤去吧!"

歌布拉的父母不忍心让孩子远行,哥哥姐姐也竭力劝阻她,但她执意要去。父母只好对她说:"这样吧,孩子,你可以去那儿待上三个季节,然后一定要回家哟!"

于是歌布拉就出发了。她来到一片山林地带,走进了一个贫穷的村子。她假装成一个迷路的人,来到一户很穷的人家要饭。这家人又给她吃的又给她喝的,而且还愿意收她为养女。

这样,歌布拉就留在那个村子里了。她每天都给那家人做饭,她烧的菜煮的汤都十分香甜可口,重要的是她做的菜有咸味,大家都非常爱吃。她不像人们那样往菜里放那种树叶,而是放几粒从天上带下来的盐。

不久,全村的人,乃至整个那一片地方的人都知道歌布拉是个聪明美丽、心灵手巧的姑娘了。人们争相来到她家,请她给一些盐回去烧菜。真奇妙,放了盐之后,菜就变得非常可口,与平常完全不一样。因此,大家都十分喜欢歌布拉姑娘。

在村里,有一个财主又贪婪又凶恶。他也来到歌布拉的家,要求歌布拉给他些盐。回家后,他天天想着歌布拉美丽的容颜和她那巧妙的手艺,决心要霸占歌布拉。

一天,他偷偷摸摸地来到歌布拉的家,对她说:"阿妹啊,你为什么要留在这个穷人的家里呢?阿妹你同阿哥我一起回家,为我做菜烧汤吧!我家的房子很大,我有万贯家财。你若跟我一起,一定会很幸福,再不用去打稻子,也不用去捕鱼了。"

歌布拉心里不愿意,就想了个办法来拒绝他:"阿妹我的手上已经戴了人家的镯子,脖子上已挂了人家的珠宝,我已经有人爱恋了!阿哥你去找别人好了!"

财主遭到拒绝后,心里十分生气,因为他一向是想要什么就能得到什么的。他恶狠狠地对歌布拉说:"你不过是一个被抛弃在山里的可怜虫,你这无父无母的东西,你骄傲什么!如果不答应跟我回去,你就休想再住在这个村子里!"

不久,财主就找了个借口不许歌布拉再住在村子里。大家都很同情这个美丽又善良的姑娘,但都无计可施。

自从歌布拉被赶走以后,村里各家的菜肴又变得寡淡无味,十分难吃了。大家都怨恨财主,财主很害怕,急忙派人四处寻找歌布拉,但是已经太晚了。歌布拉从山区来到平原,然后来到了海边。她走到哪儿都受到人们的热情欢迎。大家都要把她接回家,让她帮他们做饭。就这样,歌布拉走遍了许多地方。

歌布拉已经走完了三个季节,到了她该回天上同父母团聚的时候了。于是她把袖子里剩下的盐都扔进了海里,然后就飞走了。从那以后,海水就变成了咸的。海边的人们用海水来制盐,用海水做菜,感到有咸味,香甜可口,就像歌布拉姑娘为他们做的菜一样。

也是从那以后,山区的人们必须带上自己珍贵的物品到海边去换取一些歌布拉姑娘的盐。

失去文字的苗人

很久以前，像傣人、京人一样，苗人也有自己的文字。晚上，仰望天空，他们知道所有星星的名字；看看月亮，他们知道月亮何时圆缺；观观云和风，他们就知道天气何时晴、何时雨；看看大地，他们就知道哪块土地肥沃，种上稻子可以茂盛生长，哪块土地贫瘠，种木薯、玉米都不生长。因此他们总是粮满仓、谷满囤，生活得十分幸福。村寨里一年到头都像过节一样，充满了快乐和歌声。

看见苗人有太多的字，天神连忙召开了一场夺字竞赛会。其他民族的首领们得到消息，都前往参加。苗人们更是穿上漂亮的衣服，特别是一些青年男女，相约着，载歌载舞地欢送苗王去参加夺字竞赛会。

竞赛会像节日一样热闹非凡，连续开了几天几夜。竞赛完毕，苗王带着许多字返回村寨。他兴高采烈，心里沾沾自喜，因为从现在起，苗人会生活得更加幸福。在回家的路上，他们要经过一条大河。当时正值天降大雨发洪水，其他几个民族的首领，虽然人游过了涨满水的大河，但是记在木板上的字却被河水冲掉了，只好空着手回去了。只有苗王非常聪明，见到这种情况，他连忙把字记在自己的手掌上，然后握紧拳头，游过河，所以字仍然在。

见苗王从竞赛会上回来，字又没有被河水冲掉，苗人欢喜无比。所有的人都拥到街上，唱歌、跳舞，年轻男女们吹排箫、抛彩球，大家一直玩到深夜。由于太疲乏了，最后大家都围躺在火堆旁酣然入睡了。

距苗寨要走七个月才能到的地方，有座巍峨的高山，山上住着一个苗人并不知晓的鬼怪。鬼怪看见苗人丰衣足食，种什么什么丰收，一年到头寨子里的人都像过节一样，他很生气，总想找机会捣乱。那天晚上，鬼怪看到苗人因为苗王夺得了许多字而载歌载舞，他更生气，于是飞到附近一座低矮的山头上窥伺。当看见苗人经过一天的歌舞酒宴，都酣睡在火堆旁时，鬼怪很得意，窃笑道："这下机会来了，我要让你们因为没有文字而变得愚昧，做什么都失败，让你们失去歌舞、失去节日。"

怀着这种恶毒的念头，鬼怪轻轻地飞过来，停在正在酣睡的苗王身边。他悄悄地打开苗王的手掌，把记在手掌心里所有的字一舔，都吞到了肚子里。

天亮了，苗王醒来，伸开手掌，想把字分给寨民们，但所有的字都不见了。丢失了文字，苗人就什么都不再知道了，不再知道月亮的圆缺；不再知道土地的好坏；不再知道天何时晴，何时雨；种玉米不对季,玉米不发芽;进森林则迷路;乘船则找不到停泊处。丢失了文字之后,苗人的生活困苦不堪。他们急忙杀猪宰牛来祭天。他们的祷告声一直传到天庭。天神听见后对他们说:"拿到了字而不知道保护,你们的字让鬼怪给偷走了。他住在那边的高山上。"

苗人请求天神再给些字。天神摇摇头说:"我已经把所有的字都分给各民族了,没有了。只有一个办法,就是你们上高山上去找鬼怪,把字要回来。"

苗王心情沉重,没有别的办法,他只好挑选最棒的苗人,前去讨字。他选了七名寨里最优秀的小伙子,上山到鬼洞里去讨回文字。七位小伙子背着七篓米、盐巴和弓箭出发了。他们走了七个月,来到了鬼怪住的山脚下。不巧,当时正值冰天雪地的冬季,七位小伙子还没有爬上高山,就被大雪埋没了。最后,七个人都冻死了,没有一个生还。

苗王等了很久,不见七位小伙子返回,于是又挑出七位健壮的老人,前去讨回文字。七位老人每人都准备好一篓米和足够的盐巴,一起出发了。但是,七位老人刚到山脚下,又赶上烈日如焚的夏季。七位老人都被晒死了,死在了前一拨那七位小伙子身旁。

苗王久等不见七位老人回来,就自己一个人拄着棍子去讨要文字。但是,他也是一去不复返……

苗寨里的人们等啊、等啊,年轻人等白了头,小孩子等成了大人,然而还是不见苗王回来。

　　所有的食物都被吃光了,苗人只好靠拿石灰在房柱上画线以记日月,听鸟叫声以分辨晴雨天的方法来播谷种稻,等着苗王带着文字回来。

稻 穗 夫 人

从前,在一个村子里出现了一件很奇怪的事:每到收获时节,人们每天干完活回家休息时,总看见一个鹤发童颜的老婆婆来到地里。她从远处的一个山丘那边出来,手里拿着一个竹篮,走过一片又一片稻田,一边走一边弯腰捡着什么。到天快黑了,她就拿着竹篮回去了。有的人很好奇,想到近处去看看这个老婆婆是谁,在干什么。但每当快接近时,就发现老婆婆又在很远的地方,只能看到她的身影,就是不能接近她。晴天是这样,下雨天也不例外,人们在村子里总能看到老婆婆那弯着腰的身影,但就是没有人能看清老婆婆的真面目。

村里有一个年轻人决心要搞清楚这个问题。他想:这个老婆婆也许不是凡人,所以凡人不能靠近她,只有神仙才能有办法解开这个谜。于是他就到村里供神的庙里去算卦,求神仙指点。神仙果然告诉他怎么做才能看到凡人看不到的事。为了保险起见,这个小伙子还叫上了村里的一个长者,两人一块上路了。

他们向老婆婆出现的那座山丘走去。他们知道绕过山丘以后，是一片平坦的山间盆地。但是这次他们走到那里，却发现在平地上出现了一座很大的庄园。庄园的门大开着，从外面看去，可以看到里面人来人往，还传来一阵歌舞声。他们屏住呼吸，蹑手蹑脚地走进门，想看个究竟。身边的人好像都没看见他们，仍然是自己干自己的事。他们看到院子里有很多谷垛，谷子堆得满满的。老头拿了一粒放到嘴里尝尝，看是不是真的谷子。结果发现这种谷子虽然颗粒较小，但嚼起来却很香甜，是上等的稻谷。

两人继续往里走，看到正屋中间摆着一张椅子，两边是两行桌椅，摆得整整齐齐。屋里有几个姑娘在说话。这时，屋外有动静，进来一个人。小伙子和老头一看，正是在田里出现过的老婆婆。老婆婆拿着一竹篮的稻谷进了屋。两个姑娘赶紧上前迎接，说道："妈妈回来了。今天妈妈捡到不少呢！"老婆婆点点头，径直走到屋中间的椅子上坐下，开口问道："孩子们都到哪里去了？过来把今天干的活都仔细地跟我说说。"

不一会儿，从里屋走出一群姑娘，她们到自己的座位上坐下。一个姑娘说道："妈妈，今天我捡了一大斛呢！"老婆婆问："你在谁家的田里捡的，捡到那么多？"姑娘回答说："我在阿加的田里捡的。他家地不大，但他割稻子割得很马虎，在稻秆上还留着很多稻穗。稻子捆得也很不细心，一挑起来就有很多稻秆往下掉，后面的人也不愿捡。所以我拣到了很多他们都不要的稻谷。"老婆婆听完后点头说:"你这样做就对了。阿加也是不应该,现在有饭吃,就忘了以前什么都没有的日子。不珍惜老天赐给的东西,是不会有好结果的。"

阿加就是那个老头的儿子。老头在旁边听着老婆婆在责骂自己的儿子,听得脸直发红,差点就忍不住要走了。旁边的小伙子赶紧把他拦住,让他安安静静地听完再走。接着,其他的姑娘也向老婆婆讲自己干活的情况。原来她们都是到田里捡稻穗的。小伙子和这个老头听她们说话,就像是听她们在骂自己。正是由于村里的人不爱惜粮食,收稻子的时候随随便便、马马虎虎,才让她们捡回了这么多稻谷。

姑娘们说完后,老婆婆说话了:"孩子们,你们看,一粒稻谷掉下来人们不以为然,但是这两年来,我们把这些掉下来的稻穗捡到一起,就有了我们现在的这么几个大谷垛。明天你们继续去捡稻穗,我到天上去向掌管农业的神说说,明年歉收一年,让这些人尝尝自己种下的苦果。"

小伙子和老头听老婆婆这么说,非常担心,如果真的歉收一年,那就糟了。幸好这时一个看起来年龄最大的姑娘说话了。她劝阻老婆婆说:"我求妈妈先息怒。这些人的确是不爱惜上天赐给的东西,但仔细想想,我们去捡稻穗的人家大部分都是一些生活较为富裕的人家。但是在村里还有不少人家生活很困难。昨天我去捡稻穗的时候,看到村头有几个穷人家的小孩正在富人家的稻垛旁捡那些别人遗漏的谷子。如果明年收成不好，这些穷人家日子就没法过下去了。求妈妈再仔细想想。"

老婆婆沉思了一会儿，说道："你说得也有道理。但还是要想办法让这些村里的人知道他们不对的地方。要不这样吧，明天小青和小莲变成两个小孩，唱几句歌谣给人们听，让他们明白道理，认识到自己的过失。我给他们一年的时间改正。如果下一年他们还是这样浪费粮食，我决不会放过他们。另外，咱们家里的这些稻子是经过咱们自己培育的好稻子。你们把这些稻子拿去送给穷人，这样他们的收成就能好点儿。"

老婆婆说完，周围的姑娘们都连连点头称是。她们齐声唱道：

　　不论晴雨，辛勤耕种；

　　终有一天，稻谷成熟。

　　粒粒稻谷，汗水换来；

　　暴殄天物，必遭天谴。

在旁边偷听的这两人到这时才松了口气。在捡稻穗的老婆婆和她的女儿们提到的浪费粮食的人家里，有他们自己的家庭。他们真是害怕会受到惩罚。但是他们更感到惭愧，因为自己甚至不懂得珍惜用辛辛苦苦的汗水换来的粮食。姑娘们最后唱的那几句话一直在他们心头萦绕。他们心事重重地走了出来，甚至忘了这

不是人间,他们已经偷听了神仙的说话。尤其是老头,心里更是难受。他低着头,拖着沉重的步子往回走。这时,仙女们听到了重重的脚步声,那座大庄园突然不见了。两人再回头看时,老婆婆和仙女们都不见了。

这时,他们才幡然醒悟,明白了整个事情的经过。他们赶紧回到村里,向人们详细讲述了自己看到的和听到的事。人们听完后,仔细回想起来,发现自己或多或少都有过不珍惜粮食的行为。大家纷纷表示要改掉这个不好的习惯。

不久之后,村头出现了一个粮垛,稻谷颗粒较小,但有一种香味。村里人知道这是给穷人家的稻种,所以称它为"仙稻"。至于那位拾稻穗的老婆婆,人们就尊称她为"稻穗夫人",代代供奉。

芒族的英雄

很久很久以前,有一户穷人家,父母都去世了,剩下兄弟四人。因为土地贫瘠,兄弟四人实在没法生活下去了,就四处流浪,希望能找到一块肥沃的土地。但是在当时,很多土地都没有开垦,都是荒山野岭,他们很难找到一块合适的土地。走了很多地方以后,他们到了现在芒族居住的地方。当时,这里也是没开垦的荒山,住的人很少。但是兄弟四人实在不愿意再继续流浪了,他们希望有一个安定的家,于是他们就在这里住了下来。

刚开始的时候,因为他们不清楚这个地方的土地、气候的特点,所以尽管干得很辛苦,收获却不大。他们都很气馁。这时,他们遇到了一个叫勐娘的姑娘。勐娘说自己是本地人,看到兄弟几个不熟悉情况,付出劳动却没有多少回报,她来帮大家的忙。

勐娘非常聪明能干。她知道这个地方土地不好,大家种地没有积极性,就常常鼓励大家,想出各种谋生的办法。她对人们说:"想要吃饭,就要上山开荒;想要吃菜,就要辟地种菜;想要吃鱼,就要会做渔具。"在她的启发下,四兄弟积极地想出各种谋生的手段,家里很快就富裕起来了。勐娘待的时间久了,大哥勘坂爱上了她,后来就娶了勐娘。在他们一家的带动下,附近的居民尽量利用各种有利的条件,克服困难,积极生产。于是这一地区渐渐兴旺起来,成为一个不小的部落。大家都很感谢勐娘,所以就把他们一家奉为部落的首领。在这个基础上,不少族人继续向外发展,渐渐地就形成了一个很大的群体,他们自称为"芒族"。

这个地方兴旺起来后,来往的人也多了起来。不少人知道这里的居民生活富足,就拿东西到这里来卖,于是这里就渐渐发展为交通和商业中心,成为一个小城市。来的人多了,中间自然有坏人,有一个名叫昆和的人就是这样的人。昆和听说这里可以赚大钱,就想占有整个城市。他假装成一个银匠来到这里。他很狡猾,先是向勘坂和勐娘请求在这里住下,说自己会做银首饰,居民们都有钱了,需要添些首饰把自己打扮得漂亮点儿,他可以帮忙。勘坂和勐娘看他说得那么诚恳,就答应他住下了。昆和做的银器很漂亮,他又很会说话,所以很快就博得了大家的信任,勘坂还把女儿勘乔嫁给了他。

昆和在这个地方立稳了脚跟,就开始一步步地实行自己的计划了。他先是让勘乔去劝勘坂把负责城镇安全的部门交给他主管。勘坂开始并不答应,觉得昆和是一个外来人,只是一个银匠,没有管理公共事务的能力。但后来勘乔不断地请求,勘坂看到昆和很得大家的信赖，而且也是自己家的人，就答应了勘乔的请求。然而，昆和想负责城市的安全是为了实行他的计划做准备。第一步得手后，昆和就准备夺取整个城市了。他秘密派人到自己的老家，找到他以前的同伙，让他们准备来进攻勘坂。一天夜里，城市突然遭到进攻，勘坂没有一点准备，由于安全部门已经被昆和控制住了，所以勘坂没有得到帮助。昆和又打开了城门，放敌军进城。勘坂和勐娘没有办法，带着几个弟弟逃出了城，这个城市就被昆和一伙占领了。勘乔认为父亲的失败跟自己有关，现在父母失去了一切，自己活在世上也没有意义，就服毒自尽了。

勘坂和勐娘逃出城，他们失去了自己辛辛苦苦建立起来的家业，异常悲痛。他们没想到敌人就藏在自己身边。现在，他们无依无靠，城外是荒山野岭，没有人烟。勘坂逃出来的时候还受了伤，勐娘四处找草药，想尽一切办法给丈夫治伤。但是由于条件太差，勘坂没能救过来，去世了。勐娘很伤心，决心要给丈夫报仇，夺回被敌人抢占去的家业。这时，又有不少以前住在城里的老百姓因为不满昆和的统治，从城里逃了出来，于是他们的队伍一天天壮大了。勐娘决定亲自带领军队，攻打敌人。大家都抱着复仇的决心，勇敢地往前冲，所以开始的时候，打了几场胜仗，昆和的军队很快就溃不成军。但是昆和并不认输，他想出一条毒计来对付勐娘。他趁勐娘不断取得胜利，乘胜追击的时候，把勐娘引入一个山沟里，他已经在那里埋伏好军队。勐娘也是追得很痛快，忘了注意周围的环境,不小心就进了昆和埋伏的山沟里。看到勐娘进了埋伏圈,昆和拿出早已准备好的毒箭,一箭就射中了勐娘。勐娘跌下马,再也没能站起来。

勐娘的部下很悲痛,但是没有了主帅,他们没法与昆和的军队抗衡,最后被打败了。昆和很生气,竟然有人敢反抗自己,于是他下令处死整个勘坂家族的人。那段时间里,整个城市里人心惶惶,凡是跟勘坂家有关系的人都被抓起来。但是很多老百姓都得到过勘坂和勐娘的帮助,所以他们也很想帮助恩人。在老百姓的帮助下,勘坂的一个弟媳躲过了昆和的搜捕,然后想办法逃出了城。

值得庆幸的是,这个弟媳在逃出来的时候已经怀上了勘坂家的孩子。她逃到芒族人住的另外一个山林里躲起来,想尽一切办法保住了孩子。不久,她生下了勘坂家唯一的血脉,取名叫勘俭。孩子体质不好,经常生病。妈妈是一个人带孩子,也很不容易,只有祈求老天保佑自己的孩子快快长大成人。所有的这一切,勐娘在天上都知道了,勐娘虽然身体已经没有了,但她的灵魂不死,她决心要夺回失去的一切。所以她在冥冥之中保佑着母子俩。勐娘化为一只蝴蝶,给勘俭的妈妈引路,带她去找食物,找药,帮她把勘俭抚养成人。在勐娘的帮助下,勘俭长得很健康,很聪明,学会了各种本领。大家都知道,勘俭是整个家族复仇的希望。

勐娘还飞到芒族的各个山寨,告诉大家自己家里的遭遇,也让大家知道昆和的狡诈。大家知道后,都为已经死去的人感到难过,

同时也非常憎恨抢夺别人财产的强盗。在勐娘的鼓励和劝说下，人们心中燃起了复仇的火焰。勘倥已经长大成人了，他知道家族的不幸遭遇后，担起了复仇的重担。人们集合在勘倥的大旗下，准备进攻昆和。但是昆和在经过与勐娘的战争后，十分小心，训练了强大的军队，要打败他不容易。大家都在想办法。这时，勐娘又来到勘倥的梦里，告诉勘倥要用计谋取胜。勘倥按照勐娘教的办法，先派人安插到昆和身边，当一个厨师。一天，这个厨师在昆和最喜欢吃的菜中下了毒，昆和吃下去以后，当场就死在了饭桌上。昆和一死，他的部下大乱。趁此机会，勘倥带领军队攻进了城里，夺回了家族失去的土地。

　　勘倥成为城市的新首领，但是他知道，没有勐娘的帮助，是不会有此时的胜利的。勐娘不仅帮助芒族的同胞们建设自己的家园，还帮助人们为保卫家园而战斗，并且一直都在保佑自己的子孙和民众。所以直到今天，芒族的同胞仍把勐娘视为民族的英雄，世世代代都在供奉。

石青的故事

从前，有一户姓石的人家，夫妻俩已到中年还没有孩子。他们天天烧香拜佛，祈求老天能给他们一个孩子。终于，妻子怀孕了。可是过了三年，孩子也没生出来。老石不幸染上了重病，没等孩子生出来就去世了。不久，孩子终于生出来了，是一个男孩，母亲给他取名为石青。石青七岁时，母亲也去世了。从此，石青就成了孤儿，一个人孤零零地生活，靠上山砍柴度日，晚上就睡在山上的石洞里。

石青十三岁那年，天上的一位神仙下凡来找石青，说石青本来就是天神下凡到人间，现在玉皇大帝命人来向石青传授各种武艺和法术，还让石青就留在人间，为世人造福。从此，石青就有了一身好本领。但石青并没有让别人知道这件事，还是和以前一样，靠砍柴为生。

有一天，一个名叫李通的酒贩子经过石青住的石洞，走累了就在这歇歇脚。李通是一个有心计的人。他和石青聊天，发现石青有力气,是干活的好手,人又很纯朴,以后可以利用,就劝石青与自己结为兄弟,还请石青住到自己家里。石青住在李通家里,果然帮了李通不少忙。

在李通家附近的山上,有一条蟒蛇精。蟒蛇精很凶猛,每年都要抓一个人来吃,附近的居民都非常害怕,不敢走近蟒蛇精出没的地方。官府也派兵打了好几次,但蟒蛇精会法术,谁都拿它无可奈何。朝廷实在没有办法,只好立了一座庙供奉蛇精,每年送一个人给蟒蛇精吃,以求得蟒蛇精不要出来惊扰百姓。

这一年,轮到李通去喂蟒蛇精了。李通不想死,他想:石青刚到这里,什么也不知道,何不让石青代替自己去送死。在蟒蛇精要出来的那天,李通对石青说:"现在轮到我去守山上的那座庙了,但是我还有一笔生意要处理,麻烦你替我去守一晚。明天我就去把你换回来。"石青不知道李通是让自己去送死,二话没说就去了。

这天夜里,蟒蛇精果然出来吃人了。一看到大蟒蛇,石青吃了一惊。但他很快就镇定下来,与蟒蛇搏斗。由于石青是天神,也会法术,所以蟒蛇精不是石青的对手,最后被石青杀死了。石青把蛇头砍下,把蛇身用火烧了。烧了以后,蛇身化成一张弓,石青拿着弓,扛着蛇头回家了。

当石青回到家里已是半夜。李通没想到石青能杀死蟒蛇精,很惊讶,也害怕石青知道真相后会把自己给杀了。但石青不知道李通是让自己去送死的,以为是自己碰上了山里的蟒蛇,便有兴奋地向李通讲述自己是怎样战胜蟒蛇的。

李通听石青说着,又想出一条毒计。石青说完后,李通像忽然想起什么事情似的,叫道:"哎呀,这条蛇是皇帝养的,现在被你杀死了,皇帝肯定要杀你的头。怎么办才好呢?"石青没想到结果会是这样,也有些害怕,不知该怎么办。李通就说:"这样吧,趁现在天还没亮,没人知道这件事,你先到别的地方躲一躲。其他的事情,我留下来帮你处理。"石青想了想,就回到从前住的石洞去了。

石青一走,李通就拿着石青留下的蛇头,日夜兼程到了京城,向朝廷请功说自己杀死了蟒蛇精。皇帝很高兴,封李通做了大官。李通做官后,把过去与石青结拜时立下的誓言忘得一干二净,根本就没想过请石青来和自己一起享受荣华富贵。石青仍住在石洞里,以砍柴为生。

一天,石青砍柴累了,坐在树下休息。这时,一只大鹏飞过来。石青听到有人喊救命,抬头一看,大鹏挟了一个人。石青举起弓,一箭就射中了大鹏,大鹏从空中落了下来。但是它没死,带着背上的人钻到一个石洞里去了。石青看洞很深,自己一个人很难去救人,就在洞口做了标记,回去想办法。

原来大鹏抓住的人是公主,公主是在皇宫花园里玩耍的时候被抓走的。皇帝知道公主被抓走后,非常着急,传令全国各地一定要找回公主,并且许诺谁找到公主就把公主嫁给谁。李通也积极地寻找公主。但是他也没有更好的办法。他想到石青住在民间,可能听到的消息多，就厚着脸皮来找石青帮忙。石青是个善良纯朴的人，看到李通来找自己，很高兴，并不计较李通过去是怎样对待自己的，热情地接待了李通。李通把公主失踪的事告诉了石青，石青想到了白天看到的大鹏，明白了是怎么回事，便一五一十地把看到大鹏的事告诉了李通。李通听了以后，心里暗暗高兴，但表面上还是装作着急的样子，催石青赶快带他去找公主。

石青带李通和他的手下来到了那个洞口。洞很深，里面什么也看不见。石青为了帮朋友救出公主，自告奋勇下洞去找公主，让李通放一根绳子下去，只要绳子一动，就往上拉。石青下到洞里，果然看到了公主。他给了公主一包迷魂药，叫公主想办法让大鹏吃下去。大鹏吃了迷魂药后，很快就睡着了。石青把绳子拴到公主身上，晃了晃绳子。李通在上面看到绳子动了，马上命人把绳子往上拉。公主得救了。石青看到公主上去了，也准备往上爬。但绳子再也没有放下来。原来李通又一次要陷害石青，抢石青的功劳。他把绳子收走，还命令手下的人用大石头封住洞口，以为这样石青就永远出不来了。

石青只好在洞里找别的出路。这时，大鹏醒了。它发现公主不见了，眼前又是一个陌生人，非常生气，朝石青扑了过来。石青一看躲不过去了，决定跟大鹏决一死战。打了很久，大鹏终于被石青杀死了。石青又为百姓除了一害。他往洞的深处走去，继续找出去的路。忽然，他看到前面有一道铁栅栏，里面关着一个小伙子。他把小伙子放出来，一问才知道他是龙王的太子，被大鹏抓来关了一年，到现在才得救。石青和龙王太子找到了一条通向水府的路。从这条路，他们到了龙宫，见到了龙王。龙王看到儿子得救了，非常高兴，要送给石青无数的金银珠宝作为报答。石青拒绝了，只挑了一张神琴，随后就辞别了龙王和太子，回到了自己住的石洞，继续以砍柴为生。

蟒蛇精和大鹏都被石青杀死了，但是它们的魂灵不死，一直想报仇。于是它们到皇宫里偷了很多珠宝，放到石青家门口。官府来查，人赃俱获，石青实在是说不清楚，被抓到了皇宫里，等着被治罪。

再说说公主。自从公主被石青救上来后，一直想再见到石青。但没想到李通派人封住洞口，不让石青上来。公主又气又急，一下就说不出话来了。回到皇宫后，公主还是说不出话来。皇帝很着急，用各种方法给公主治病，但都没有任何效果。李通救了公主，得到了皇帝的重赏。但是公主不能说话，李通还不能娶公主，只是整天陪着公主，没什么事可做。忽然有一天，李通得到了石青被抓的消息。他没想到石青还没死。他想：现在石青落到这一步，必须干掉他，否则我就什么都暴露了。于是他让人把石青押到死牢里，打算第二天就去对皇帝说，石青是个很坏的人，要判石青死罪。

晚上，石青被关在监牢里，想到自己很快就要死了，很难过。他拿出神琴弹了起来。悠扬的琴声穿过宁静的夜空，传到了公主的房间里。说来也怪,公主一听到琴声,立刻哭了出来,而且能说话了。公主马上要见弹琴的人。皇帝听说公主能说话了,赶紧过来看公主,然后就派人把石青叫来。公主一见到石青,又惊又喜。皇帝问原因,石青就把所有的事情都告诉了皇帝,从怎样认识李通,到怎样杀死了蟒蛇精而又被李通欺骗,后来又是怎样被李通陷害,等等,全都说了出来。皇帝听完后,非常生气,立刻下令把李通抓来,交给石青处置。石青看在旧日朋友的情面上,没有杀李通。李通被革了职,回家去了。李通在回家的路上,遇到了暴风雨,被雷电击中,死在了路上。

皇帝依照原来的诺言,把公主嫁给了石青。

周围一些邻国的王子得知公主嫁给了一个没有任何背景的穷小子,很不高兴,就联合起来派兵攻打这个国家,一直打到京城外。大家都很害怕,只有石青仍很镇定。他请求出战。到了阵前,石青拿出神琴弹了起来。悠扬的曲子使敌军的很多士兵想到了家乡和亲人,他们不禁放下了武器。各国王子看到石青不用武器就能使人屈服,知道了石青的厉害,纷纷投降。石青就给他们一锅饭和一锅鱼,先让他们有东西吃。敌军的一个将军看到只有这些,嫌少,又向石青多要点。石青说够他们吃了,但这位将军不信。石青就对这位将军说:如果这一锅饭他们吃不完,就要他们退还所有侵占的城池;如果他们吃完了,就让这些王子保留侵占的城池。将军满以为自己会赢,就答应了。但没想到每当他们快吃完时,锅里的饭

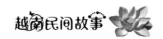
菜就会自动变满。所有的将士一起吃,吃得很饱了,还是没吃完一锅。他们知道石青不是一般人,自己打不过石青,就纷纷求石青饶命,而且很快就撤军了。

石青打退敌军后,皇帝把王位传给了石青。从此,天下太平,国家日渐强盛起来,百姓们也安居乐业,过上了幸福的生活。

状 元 阿 琼

阿琼从小就非常聪明,脑子很机灵,常常有很多玩耍的好点子,因此孩子们都把他奉为孩子王。他的名声很快就传遍了全国,连皇帝都领教了他的厉害。他的学问也很深,写诗、对对联都没有人能比得上他,他却不去考功名。虽然这样,老百姓还是很喜欢他、佩服他,称他为"状元阿琼"。在民间,流传着很多状元阿琼的故事。

晒　书

在阿琼住的村里,有一个非常有钱的财主,一个字都不识,却偏偏要装出一副有学问的样子,时不时地到阿琼家借书。阿琼也很厌恶这种人,不愿把书借给财主。但这个财主总是厚着脸皮,硬要把书拿走,还把书摆到自己家里的架子上,来装装样子,骗骗人。

一天,天很热。阿琼光着上身正在家里看书。这时,财主又跑来了。他还在院子外，阿琼就听到了他跟邻居的说话声，说是来拜访状元阿琼来了。阿琼很生气，决定要治一治这个财主。阿琼赶紧跑到院子里，躺在吊床上，等着财主进门。

财主进来了，阿琼还是半闭着眼睛，光着身子躺在吊床上，动也不动。财主正要进门，看到阿琼一动不动，就咳嗽了一声："状元公啊，看到客人进门，也不招呼一下。这么热的天，还躺在那儿晒太阳，要得病的！"

"得什么病呀！我在这儿晒书呢！"

"晒书？晒什么书？"财主惊讶地问道。

"对呀。太阳这么好，我出来晒晒书，免得书受潮了生虫。"

"但我没看到书呀！"

"书在我肚子里呢！"阿琼得意地说。

财主知道阿琼这么说就是赶自己走了。书都在阿琼肚子里，怎么还能拿出来借给别人呢？财主只好悻悻地回去了。

过了几天，财主派人来请阿琼到自己家去玩。阿琼知道这个财主肯定有什么鬼把戏，就想去看个究竟，看财主到底想干什么。到了财主家，一进门，阿琼就看到财主躺在吊床上，肚皮朝天，也在晒太阳。

阿琼说："啊，今天你也在晒太阳啊！"

财主打定主意要捉弄一番阿琼，以洗刷前几天被阿琼拒之于门外的耻辱，所以财主也是在那儿躺着，一动不动，对阿琼说道：

"是啊,天这么好,我也把书拿出来晒晒,免得生虫。"

阿琼马上接着说:"瞎说,你的肚子里哪有什么书呀,还怕生虫! 怕只怕你肚子里吃得塞得太多,消化不了,会把你噎死! 我从来没听说你的肚子里有翻书声,好像只有那些鱼呀、肉呀,挤在你肚子里,现在拼命要逃出来的叫声。"

财主被阿琼讽刺得说不出话来,脸上一阵红一阵白的。他说不过阿琼,只好请阿琼进门。没想到阿琼根本就不领情,高声地说道:"不敢,不敢,等下次吧,你正忙着晒书呢,我哪能打扰呢!"说完就回家了。

石 头 芽

皇帝在皇宫里天天吃山珍海味,渐渐地得了一种怪病,不管吃什么也不觉得好吃,肚子什么时候都是胀的,不知道什么是饿,什么东西也不想吃。大夫也看了,药也吃了,但就是治不好。

一天,皇帝向阿琼说起这个病,看阿琼有什么办法能治好。阿琼听皇帝说完,低头沉思了好一会儿,终于抬起头来,问皇帝说:"皇上,你吃过'石头芽'这道菜吗?"

"'石头芽'? 这是什么菜呀? 我从来没听说过啊。如果你知道在哪儿,能找来给我尝尝吗?"

阿琼回答说:"没问题,这是一种味道很美的菜,只是煮起来颇费工夫,所以得到明天才能做好。我敬请皇上明天早上到我家里去吃'石头芽'。"

第二天一大早,皇帝就到了阿琼家,等着吃这道从来没听说过的"石头芽"。但是等了很久,菜还是没端上来。阿琼则一直在厨房里待着,好像很忙的样子。

等啊等,都过了中午,皇帝还没看到这道菜。但是这时候,皇帝的肚子已经很饿了,饿得咕咕直叫。去催阿琼,阿琼总是说"就快好了",却总不见什么动静,好像一点也不着急似的。皇帝急了,只好责骂阿琼说:"怎么搞的,要这么长时间!我的肚子都饿坏了。"

阿琼说:"我已经说过要做好这道菜需要下功夫嘛!要不这样吧,皇上先吃点别的东西垫垫肚子。来人啊,给皇上端些吃的上来!"

家人早已按照阿琼的吩咐,准备好了一些饭菜。他们端上来一个大托盘,盘里只有一碗饭、一碟空心菜和一个瓦罐。瓦罐里不知道装着什么,罐子外面写着两个字:大风。皇帝也饿了,顾不得那么多,连忙吃了起来。阿琼舀了一点"大风"到皇帝碗里,请皇帝用空心菜蘸着吃。没想到,空心菜蘸这个"大风"非常可口,皇帝赞不绝口。皇帝吃完一碗,又要了一碗,才觉得饱了,肚子胀起来了。皇帝很满意地问阿琼:"这道菜肯定就是'石头芽'了吧?这比我以前吃过的任何山珍海味都要好吃啊!"

阿琼突然哈哈大笑起来,笑得皇帝都不明白为什么。只听阿琼说道:"启奏皇上,石头哪里会有芽呢?即使石头真的有芽,就算'石头芽'再嫩,也没有办法能把石头煮烂呀。只不过是皇上以前山珍海味吃得太多,所以才会觉得什么菜都不好吃。其实今天,我让皇上等这么久,根本不是为了煮什么'石头芽',而是等皇上的肚子饿了,想吃东西了,这样才觉得好吃啊。我让皇上饿肚子,实在有罪……"

皇帝赶紧拦住阿琼,说:"那不是你的罪过。我明白你的用心。现在我只想知道,那个'大风'不是'石头芽',那又是什么呢?"

阿琼老老实实地回答说:"那罐'大风'其实就是蘸酱啊。皇上看来很久没有吃百姓的饭菜了,连蘸酱都不认得了。"

皇帝一想,是啊,自己怎么就连蘸酱都不认得了呢?看来自己的确要吃点民间的粗茶淡饭了。

长　寿　桃

一天,皇帝请阿琼到皇宫参加宴会。宴会上,有人献上一盘桃,说是"长寿桃",吃了以后能长寿,祝皇帝寿与天齐。阿琼看到那些桃又大又红,拿起一个就吃。当时皇帝和文武百官都在,大家都看到了阿琼吃了一个献给皇帝的"长寿桃"。官员们想:好啊,这次阿琼是不想活了,竟然敢吃皇帝的"长寿桃"。而皇帝因为以前被阿琼捉弄过好几次,也想找机会治治阿琼的罪。现在看到阿琼竟敢如此大胆,觉得机会来了。于是皇帝大怒,对阿琼说道:"你好大的胆子!我还没吃呢,你竟敢先吃我的桃!你等着被杀头吧!"

可是阿琼没有一点害怕的样子。他跪下对皇帝说:"启奏皇上,我知道没有得到您的许可,就吃掉了您的寿桃,的确是死罪,把我处死,的确没有冤枉我。但我死之前只有一个请求,如果这个请求能得到满足,我死也瞑目了。"

皇帝说:"你有什么请求就说吧,只要我能做到,就答应你。"

阿琼说:"我只请皇上在砍我的头之前,先定献桃人的欺君之罪。"

"为什么?"皇帝一愣。

阿琼正色道:"启奏皇上,每个人都希望自己能长生不老,所以我一听说吃了这些桃就能长生不老,就忍不住吃了一个,希望自己也能够长寿。但没想到桃还没到肚子里,砍头的刀就要架在脖子上了,所以我想:这些桃不是'长寿桃',而是'短寿桃'才对。献桃的人竟敢这样欺骗皇上,应该定他的罪才是。"

皇帝听完,虽然心里很生气,但是又辩不过阿琼,只好免去了阿琼的罪。

九 兄 弟

从前，在一个山村里住着一对家境贫寒的夫妻。他们过着食不果腹、衣不遮体的生活，顿顿靠稀饭野菜充饥，天天穿着补丁摞补丁的衣服。但是，他们却不乏仁爱之心，夫妻俩经常互相提醒要多行善事。

在干活回家或赶集的路上，看见失物，夫妻俩从不捡拾。丈夫会对妻子说："人家丢掉的东西就原样放在那儿，一会儿人家肯定会回来找。如果我们拿走了，那人家上哪儿去找啊？"

干活时看见牛吃了地里的稻谷、玉米，他们也只是把牛赶开，而不用石头打或木棍戳，怕打疼了牛。妻子会对丈夫说："牛也像咱们一样知道疼。如果我们被石头打中头，也会疼的。"

看见路上成群的蚂蚁，他们不会踩死一只。夫妻俩互相告诫说："蚂蚁们相亲相爱，觅食也是成群结伴而去。咱们不能伤害它们。"

因为他们为人善良，所以天神赐给他们九个男孩儿，孩子们个

个都胖墩墩的,健康可爱。夫妻俩给他们分别取名为:莫侬、岱侬、高兰、赫蒙、倮倮、侬、瑶、芒、京。

看见九兄弟每天从早到晚快快乐乐地跟着父母松土锄地,辛勤劳作,人人都说这夫妻俩是善有善报。

当九兄弟长大成人后,他们的父母相继去世了。他们九个人互相关心,互相爱护,共同生活在一起。每个人都继承了父母的秉性:善良、行善举、尊敬爱护人们、怜惜动物。

一天,天气很闷热。不知从哪飞来了成群的白蚁,遮天蔽日。白蚁降落到各家各户,爬得到处都是,白花花的一片,人们都无处落脚。白蚁到处乱飞,有的落在床上,有的在饭桌上爬来爬去。见此情景,家家户户都开始拍打白蚁,白蚁死伤无数。许多家都把死白蚁成筐地装在一起,倒出来喂鸡吃。

只有九兄弟家没有打死一只白蚁。哥哥对弟弟们说:"这种带翅的白蚁飞来还会飞走的,不会留在这儿。它们只吃泥土,不吃木头,别碰它们。老人们常说,白蚁这样飞是天气有变的征兆。"

成群的白蚁在九兄弟贫穷的家里爬来爬去,白花花的,爬满了每一个角落。但是,果真过了一阵,它们就都飞走了,一个也没留下。屋里院外又像从前一样干净了。

第二天,一位满头白发、须长两拃、神采奕奕的老人来到九兄弟的家。老人说:"我是飞蚁之祖。昨天我的士兵在进行演练,它们飞进了我们挑选出来作为练兵处的山谷中的一些人家。但是这些人家的人心肠歹毒，不容我们，狠心地打死了我许多的士兵。只有飞进你们家的士兵没有损失一兵一卒。但是总共活下来的只有十分之二，十分之七都被打死了。今天，我来是要谢谢你们九兄弟。你们想要什么谢礼，请尽管说。我可以给你们一院角的银子或堆满屋角的珠宝。你们说，想要什么？"

九个穷兄弟恭敬地向老人俯首问好，并请老人坐下，然后大哥笑着回答老人说："我们没做什么事而要您老来报恩。从出生那天起，我们就以父母为榜样来处世待人，只关心做善事，从未伤害过一只动物。因为动物和人一样，每天为了生存而劳累，昨天的那群白蚁肯定也如此。您说要奖赏我们是吗？我们只希望有强壮的身体，自己劳动养活自己。"

蚁祖郑重地说："普天之下，你们最有仁爱之德，我告诉你们一件大事：不日会天降大雨，大地将被洪水整个淹没，你们最好造一个大竹筏，等洪水来的时候，你们都上到竹筏上去，这样才可以活命。你们记住，随身要带着大米、玉米、衣服、财物等，以便在竹筏上的一段时日你们能有的吃、有的穿、有的用。你们还应该在竹筏上再建一个坚固的小草棚。我想送给你们金银珠宝，你们不要，你们想有健壮的身体，自食其力。我满足你们的愿望。"说完，老人拿出九片药，让九个兄弟吃下去。九兄弟感谢老人，老人笑着与他们告别，转眼之间便消失不见了。

听了蚁祖老人的话，九兄弟如实地告诉村民们这个坏消息，并邀请乡亲们一起做准备。但是,村里人都觉得这件事太可笑,谁都不相信。有人还讥讽说:"这烈日当空的却说要下大雨,说起来也真够可笑的。"

村里的几位长老沉吟、思索着说:"这九个年轻人一年到头只知道行善积德,从未胡言乱语过。难道他们得到了神启不成? 咱们最好仔细问问,还是小心为妙。"

有几个年轻人打断了老人的话,说:"各位长老,你们的岁数比他们大三四倍,还怀疑什么? 这烈日炎炎的,只会有旱情,怎么会有大水灾呢?"

人们议论来议论去,最后没有人再相信九兄弟的话。

虽然如此,九兄弟仍然相信蚁祖的话,他们马上着手进行准备。他们用二十棵梅竹扎成一个大竹筏,用绳子紧紧地捆绑好,并在竹筏上建了一个小草棚,棚顶和四周都仔细地遮盖好。然后他们舂米、磨玉米,把衣服、被子、蚊帐、日常用具等都打好包,并整齐地排列好。村里人谁也没有留意九兄弟所做的一切。

果然,两天后开始天降大雨。雨越下越大,连续下了九天九夜。每天都是大雨倾盆,村民们谁也不敢出门。水越涨越高,一天夜里,大水开始淹没整个山谷。

当天夜里,九兄弟把所有的东西都转移到竹筏上,他们也都钻进了小草棚,外面仍然是大雨如注,水不断地上涨。到第二天早晨,洪水已经淹没了整个山谷,继而淹没了周围的高山。

九兄弟的竹筏漂浮在茫茫的水面上。放眼四望,他们看不到边际。大水一直涨到天宫的门口,他们把木筏停靠在天宫的门口,然后径直走了进去。

这时,天神正入神地和一位须发皆白的仙人下棋。九位仙女——天神的九个女儿正在棋盘四周专注地观看父亲和客人下棋。看见从凡间上来的九位穷兄弟,天神只是瞥了一眼,就又全神贯注地下棋了,没有问他们一句话。

九兄弟见天神很冷淡,不理睬他们,便悲切地痛哭起来,讲述了人间的死亡惨景。

天神吓了一跳,猛然想起了自己的失职。他抛开棋盘,咚咚地捶打着自己,责怪自己只顾着与棋友下棋而忘了布雨之事,以致布雨过度,造成如此灾难。他立即命天将马上关闭雨宫的大门,但为时已晚。

天神急忙亲自拿一根巨大的杵,把下界的许多地方捅得凹下去,好让洪水汇流进去。被捅得深陷下去的地方就变成了大大小小的洼地,各地的水大都汇流到这些洼地里。天神又在大地上画了许多纵横交错的沟痕,剩余的一部分水则沿着这些深深的沟痕而流淌。这样,大地上的水很快就退光了。

后来,世人就把大地上那些凹陷下去的洼地叫作大海或者大洋,把那些沟痕叫作江河。

想到凡间的人都已经死光了,只留下这兄弟九人,天神十分悲

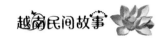

伤。他温和地安慰九个兄弟,劝他们返回人间。

九兄弟都哭得两眼通红,满面愁容,犹豫着不想回去。天神明白他们的意思,便叫来他的九个女儿,嘱咐她们下凡,跟随九兄弟到人间生活。天神还给了女儿们许多种稻种和家畜,让她们带下去种植和饲养。天神还叮嘱说,以后他们任何时候缺少什么尽管说,他派人送下去。

来到凡间,这九对男女结成了九对夫妻,开始重建人间的生活。为了处处有人居住,土地有人耕种,九个兄弟分开,住在了四面八方不同的地方。只有大哥夫妇住在原来的山谷里,日夜看守着父母的坟墓。他们相约,虽然相距甚远,但大家还要同甘共苦,有福同享,有难同当。

由于相距遥远,平时很少往来,所以他们的语言也日益有所差异,相距太远的地方,语言则完全不同了。渐渐地,大地上的人口多起来,每个家庭都是儿孙满堂,代代繁衍不息。每一个地方的人都按照他们自己祖先的名字来取名,因而形成了不同的民族。虽然不同的民族有不同的名称,但是很久很久以前他们拥有同一个祖先,就像一棵同根树,因此今天各个民族仍然是团结一心。

水姑娘的故事

很久以前,在一个遥远的山村,住着一位美丽、善良的姑娘,村里的人都叫她水姑娘。

水姑娘的父母很早就去世了,父母给她留下了一面非常明亮的镜子和一块非常珍贵的玉石。无论是谁,只要是能照一照这面镜子,就会发现自己变得漂亮了;要是能沐浴到玉石放射出的光芒,就会发现自己变得聪明了。水姑娘有两个好朋友,她们是画眉鸟和梅花鹿。两个朋友喜欢到水姑娘身边来照镜子,给水姑娘唱歌。她们过着美好、快乐的生活。

天有不测风云,在一个风雨交加的夜晚,恶水婆从河的上游蹿了下来,抢走了水姑娘的宝玉。从此水姑娘变成了一个丧失理智的人。每当雨季来临,恶水婆就拽着水姑娘跟着她四处乱跑,一边疯狂地吼叫,一边到处捣乱破坏。

得知水姑娘遭此劫难,一位英俊、健壮的小伙子决心把水姑娘从灾难中解救出来。小伙子的名字叫阿钟。他随身携带着母亲送他的一把宝刀和父亲送他的一张大网,径直朝水姑娘住的遥远的山村走去。

一天,天刚蒙蒙亮,阿钟看见了水姑娘,他高兴地问:"你有动听的歌喉,还有一面明镜,你是水姑娘对不对?"

水姑娘羞涩地没有回答。画眉鸟连忙放声歌唱:"水姑娘呀,水姑娘! 快回答呀,快回答! 他像一棵年轻的朴树,你就像那美丽的玉竹。"

从这以后,阿钟就留了下来,与水姑娘和村里的乡亲们生活在一起。阿钟的宝刀砍一下就可以砍倒上百棵大树,开垦出山地种庄稼。阿钟的大网撒一下,虎、豹都不能逃脱。一天,阿钟向水姑娘表白了心迹,请求她与自己结成夫妻。但是水姑娘拒绝了他,因为她还是害怕恶水婆。阿钟安慰她说:"我找到你就是为了帮助你消灭恶水婆,夺回宝玉。"

与此同时,在一个深深的山洞里,恶水婆正伸着懒腰坐起来。她张开嘴,吐出从水姑娘那儿抢来的宝玉。晶莹、碧绿的玉石光芒四射。然后,她钻出山洞,沿着小溪,一溜烟儿地跑到水姑娘住的地方。一路上,凡是遇到长势好的玉米地和稻田,她都给统统捣毁。到了后半夜,恶水婆突然出现在水姑娘的面前。她伸出长长的胳膊,打算把水姑娘拽走。阿钟马上撒开大网去罩恶水婆,但是她的衣服太长了,网没有罩紧,让她逃脱了。

不一会儿,恶水婆领来了老雷公。老雷公扔下一个红通通的铁火球,想杀死阿钟。阿钟把宝刀交给水姑娘,然后用双手接住了铁火球。他的手马上被烧得吱吱作响。水姑娘跑到阿钟的身边,看到他的双手被烫起了泡,发出浓烈的焦煳味。水姑娘心疼极了,捧着阿钟的双手,哭了起来。这时,奇怪的事情发生了。当水姑娘的眼泪滴落到阿钟的手上时,阿钟的双手又像从前一样完好无损了。于是阿钟接住了老雷公扔下来的所有的铁火球。恶水婆见此情景,惊呆得张大了嘴巴,她嘴里的玉石放射出光芒。

由于玉石光芒的照射,阿钟强壮了一倍。他转身拔起凤凰山,使劲向老雷公扔去。老雷公被砸断了脚,恶水婆则被大山砸扁了,她嘴里的玉石也滚了出来。阿钟拾起宝玉,还给了水姑娘。

从此,玉石的光芒照射到哪里,哪里的人们就更加健康、漂亮,哪里的玉米棒就结得更大,哪里的稻穗就更加饱满。在遥远的平原地区,也沐浴到了玉石的光芒。阿钟的父母因此得知自己的儿子已经找到了水姑娘,并帮她夺回了宝玉,于是他们就上山去探望儿子。阿钟和水姑娘举行婚礼的那天,村里的乡亲们、阿钟的父母,还有画眉鸟和梅花鹿全都来了。婚礼在闪闪烁烁的玉石光芒中显得更加欢快、热闹。大家都兴高采烈,因为从此以后,水姑娘的宝玉将永远给家家户户带来温饱、快乐和美好的生活。

钓鱼郎的歌声

在重重叠叠的山林中,有个遥远、偏僻的地方,住着一个名叫达隆的小伙子。

因为父母早逝,又没有其他亲人,所以达隆一个人生活。他家里很穷,无地可种,靠打柴和钓鱼为生。虽然家境贫寒,但达隆却长成一个身材魁梧、面容英俊的青年,并且有一副十分动听的歌喉。周围那些年轻漂亮的姑娘都很喜欢他,都想得到他的青睐。然而,他从未留意过哪个姑娘。

在他家附近,有一个很深的湖。人们放下整整几十尺长的绳子,也触不到底。据老人们讲,这个湖与一条大河是相通的。

每天,达隆都到湖边去钓鱼,有时能钓上来鱼,有时却一无所获。因为天生喜欢唱歌,所以达隆一坐下来钓鱼就开始唱歌。人们何时见到他,他都是快快乐乐的。他那清脆、婉转、充满深情的歌声,不仅使凡间的姑娘们痴迷,而且打动了水府的龙王。因为沉迷于达隆的歌声,龙王每天都变成一条小鱼,游到这个湖里来听达隆唱歌。

一天，达隆像往常一样，扛着渔竿去钓鱼。刚一出家门，他就放声歌唱。歌声在山间回荡，响彻大地。姑娘们听到歌声，都停下手中的活，出神地倾听。达隆人还没到湖边，他的歌声已经先传到了湖边，并随着闪烁的水波传到了水府。龙王听见达隆的歌声，马上变成一条小鱼游来，并游得靠近湖面，以便能更好地欣赏达隆的歌声。

没想到，那天有一位老人带着渔网，比达隆先来到湖边。龙王入神地听着达隆唱歌，在湖面上游来游去。为了听得更清楚，他向湖边游去，可是一不小心，落入了老人的渔网。老人拉上网，看见网中只有一条长着银色鱼鳞的小鱼，抓起来打算放进鱼篓。达隆看着这条鳞光闪闪、小巧可爱的鱼，请求老人送给自己。如此一条小鱼，也没什么可惜的，老人马上同意送给达隆。拿着这条小鱼，达隆不知道放在哪儿好：如果放进鱼篓，它这样小，一会儿要是钓到大鱼，一起放进鱼篓，那么大鱼只要动一动就会把它压扁，它肯定必死无疑；把它放在岸边呢，那它也会被渴死、干死。达隆犹豫地看着这条长着银色鱼鳞的小鱼，不知往哪儿放。最后，达隆自言自语地说："算了，把它放回水里，让它自由地活着吧。如果只因为自己一点点小小的喜爱而使它丧命，那它太可怜了。"

说完，他把鳞光闪闪的小鱼放回湖里，并十分亲切地叮嘱道："我把你放回水里。今后，你要机灵点儿。如果你再被抓住，而我

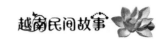

不在这里,那就没人会放你了。"

小鱼被放回水里,自由自在地游来游去。一会儿,它摇摇小尾巴,像是与达隆告别,然后潜入深深的湖底。

放完鱼,达隆垂下鱼竿钓鱼。那天,他钓到了许多鱼。不一会儿,他的鱼篓就满了,他挑了两条最大的鱼送给老人,然后回家了。

傍晚,达隆吃完饭,坐在院子里乘凉。突然,来了两位陌生人。达隆请两位客人进屋。两位客人自称是龙王的使者,因为今天达隆救龙王有功,他们受龙王之命来接达隆到水府去玩耍。达隆惊讶地摇摇头,笑着回答说:"今天我整天都在钓鱼,什么也没做,哪救了什么人呢?"

两位使者非常恭敬地说:"今天上午你放回湖里的那条鳞光闪闪的小白鱼就是龙王变的。"

他们请达隆马上走,以免让龙王久等。达隆迟疑地老实说:"我从来不知道水府在哪儿,我怎么到那儿去呀?我也不会游泳,怎么跟两位走啊?"

两位使者笑着说:"我们有办法把你安全地接到水府。请你尽管跟我们走,不要犹豫。"

达隆无法拒绝,只好跟着两位使者而去。一种朦胧的光线照射着水底宫殿。使者告诉达隆那是一些珠蚌中晶莹的珍珠放射出的光芒,因为水府的晚上也和人间一样黑。

一会儿,三个人来到了龙王的宫殿。那是一座五彩缤纷的楼阁,建在一个极其美丽的百花竞放的花园中。得报凡间的恩人已到,龙王亲自迎出宫门外。众多的文臣武将列队迎接,悠扬的乐曲四处回荡。龙王把达隆迎进宫,一桌丰盛的宴席已经摆下,里面有达隆从未见过、从不知名的各种海鲜。

龙王把达隆待为上宾,请他坐在左手边,并把自己的小女儿介绍给他。公主被允许参加宴请,坐在达隆的对面。她美丽的容颜举世无双,达隆一进来就注意到了,这也是他第一次在一个姑娘面前感到局促不安。从达隆一走进宫殿,公主就羞答答地不敢直视他的脸,只是偶尔才敢瞥眼看看他。当达隆注视她时,公主羞涩地双颊泛起红晕,浑身灼热,不知所措。

酒过三巡,龙王告诉达隆和所有在座的人,只因为沉迷于达隆的歌声,所以自己今天上午才会遇难。随后,龙王请达隆为大家唱首歌。起初,在这么多人面前唱歌,达隆还有些犹豫。况且,他从未受过达官贵人的邀请唱歌。很久以来,他喜欢唱歌不过是随便唱唱。他也没想到自己动听的歌声会让龙王着迷。他想拒绝。

但是,正在这时,他向公主望去,他看见小公主温柔、善良的目光中似有鼓励之意。于是他不再犹豫,开始放声歌唱。他的歌喉一直就很动听,而今天,一方面由于他刚喝了几杯酒,另一方面又有美丽的公主在座,所以他更加努力地展现自己的才能。他努力地唱着,努力地唱得动听。在他的周围,从龙王到公主再到各位文臣武将,所有的人都静静地屏住呼吸,侧耳倾听他的歌声。达隆唱

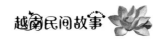

罢一曲,龙王请他再唱一曲。为了满足大家的心愿,他又接着唱起来。后来,由于喝了太多的酒,达隆醉了,龙王派人扶他到房间去休息。

那一夜,公主辗转反侧,无法入睡。自从看见达隆,公主已经情愫暗生。等听到他的歌声,公主更觉得如果没有他,那自己的生活将会是一片空白、索然无味。第二天早上,龙王请达隆留下来再多玩耍几天,但是达隆辞谢龙王,请求返回凡间。龙王一再挽留不成,只好让他回家。龙王送给他一个盛满神水的玉石瓶,并殷切地叮嘱道:"这是一个神水瓶。如果何时你那里出现持续的干旱,你只需洒几滴这个瓶里的水,立刻就会天降大雨,带来足够的水。何时你遇到危险和困难,或者为了对付谋害你的人,你打开这个水瓶,在身后洒几滴水,水就会立刻上涨,淹没掉除你脚下的所有地方。"

达隆谢过龙王,然后跟着那两位使者返回凡间。上了岸,他告别了使者,直接回家去了。

自从达隆返回凡间,公主备受相思之苦。从早到晚,她神志恍惚,无心对镜梳妆,白天是茶饭不思,晚上则彻夜难眠,整个人日渐苍白和消瘦。龙王请遍水府里所有的名医来为公主治病,但各位名医都摇摇头,谁也无法诊断出公主的病因。龙王焦虑万分,龙后愁容满面。一天,龙王前去请教水府中有名的见多识广的老蟹将。老蟹将听龙王讲了公主的病情,立即猜出公主一定是心中有什么隐情无法诉说而抑郁成疾。龙王反复询问公主，公主吐露出真情：她已经深深地爱上了达隆。但现在与达隆相隔甚远，相思过度以至成疾。知道了事情的原委，龙王十分犯难。如果他答应了公主，让他亲爱的小女儿嫁给达隆，那么父女将会永远分离。如果他不顺从公主的意愿，又担心公主会因此而一病不起。况且，龙王不想把女儿嫁给达隆，因为他只是一个靠打柴、钓鱼为生的穷小子。凭这，达隆养活自己都难，更别说养活妻儿了。反复思考了几个日夜，龙王把女儿叫来耐心地劝解说："孩子，你是龙王之女，是公主，时时刻刻有人服侍，吃的是美味佳肴，穿的是绫罗绸缎。达隆只是凡间的一个无父无母、没有亲人的穷小子，配不上你，你还是把他早点儿忘了好。"

可是公主坚决地表示非达隆不嫁。看劝说不了公主，龙王便吓唬说："父王十分疼爱你，一向顺从你的意愿。但是这件事事关重大，你必须听从父王。如果你坚持要嫁给达隆，随他去凡间，那你将会变成凡人。而且按照水府的规定，父王将处罚你，收回你所有神奇的法术。那时，你会完全成为一个凡人，有生老病死，有贫穷困苦。我亲爱的女儿，你要三思，否则将来后悔也来不及了。"

龙王以为讲清楚水府的这些规定，公主就会害怕，从而听从他的劝告。不料公主再一次坚定地回答说："只要能嫁给达隆，即使失去所有神奇的法术，和凡人一样生活也没关系。"

见动摇不了公主的决心，龙王明确告诉她，如果她一意孤行，

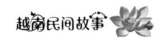

违反水府的规定，那么何时达隆看见她以人形出现，何时她就会失去所有神奇的法术，变成一个普通的凡人。

再说达隆。自那天从水府回来，他心中也生出许多愁闷，精神恍惚，常常思念起温柔、善良、美丽的龙公主。他梦想着有一天能到水府去，请求龙王把公主嫁给自己。阿梢是达隆邻居家的一位姑娘，早就暗暗地爱上了达隆。现在，她看见达隆整天出神、发呆，猜想他可能是爱上了哪位姑娘。她想探出个缘由，就成天往达隆家跑。而达隆对她则一直冷冷的，什么也不说。

一天，突然下了一场大雨。达隆打算关上房门，以免雨水淋进来。忽然，他看见一条漂亮的小金鱼随着雨水落到地上，正在院子的雨水坑里勉强地游动着。达隆连忙冒雨跑到院子里，捉起金鱼带回屋，并把它放进水缸里。鳞光闪闪的金鱼在水缸里自由自在地游着。达隆越看越喜爱，久看不厌。

第二天，达隆打柴回来，看见家里已经摆满了一桌香喷喷的饭菜。他觉得非常奇怪，以为是阿梢过来做的饭。虽然不清楚谁帮他做的饭，但是他的肚子正饿得咕咕叫，就坐下来，美美地大吃起来。接着第二天、第三天，每天他干活回来，都有一桌香喷喷的饭菜在等他。

达隆去问阿梢和其他邻居家的姑娘。姑娘们都很惊讶，没有人承认帮他做过饭。达隆更觉得奇怪，他决定窥探一下事情的究竟。

　　一天，他像往常一样一早就出去上山砍柴。但是，走了一会儿，他就转身回家，站在门外窥视。临近中午时，他看见从水缸里出来一位非常美丽的姑娘，他揉揉眼睛仔细一看，认出那正是龙公主，达隆惊喜得脱口大叫，闪身进屋，一下子跳到公主身旁。这时，天地间骤然变得一片昏暗，一道闪电划过，随后天地又恢复了明亮。达隆吓了一跳。看见公主直挺挺地躺在地上，他急忙把公主抱到床上，边摇边叫着。过了一会儿，公主苏醒过来，坐在那儿，哭得泪如雨下。

　　达隆很奇怪，不明白刚才发生了什么事。他询问公主，公主抽泣地讲述了她如何爱上达隆，龙王如何劝阻，她又如何逃到凡间来找达隆，并且告诉达隆，刚才那道闪电就是收回她身上所有神奇的法术。公主哽咽道："为了爱你这个凡人，和你这个凡人在一起，从现在起我也变成一个和其他人一样的凡间女子了。但是无论怎样，能和你结成夫妻是我最大的幸福。"

　　达隆竭力安慰着公主，并向公主表白自己也已经深深地爱上了她，如果不是今天见到了她，他会下到水府去找她。

　　从此，两个人结成夫妻，幸福地生活在一起。夫妻俩相亲相爱，缠缠绵绵，形影不离。自从娶了妻子，达隆一刻都不愿意离开她。他不进山砍柴，也不去湖边钓鱼。现在，公主已经没有了法术，找不出办法来维持生计，她只有劝丈夫要靠辛勤的劳动来维生。知道丈夫非常爱自己，公主画了一幅自画像，好让他随身带着

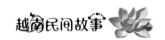

去干活。公主画得很棒,画像酷似真人。干活时,每当想念妻子,达隆就拿出画像来看一看,他幸福地对着画像高兴地笑,画中人也像在对他微笑。

自从达隆娶了公主为妻,周围的姑娘们对他也都死了心,只有阿梢萌生嫉恨之心,她从早到晚都想着要加害公主。看见达隆去砍柴、钓鱼,总是带着妻子的画像,阿梢心生一计。她想把画像偷来,以便日后用这幅画像来害公主。她心里早已盘算好害公主的办法。

一天,达隆像往常一样,带着妻子的画像去干活。到了中午,他躺下来休息,把画像放在自己的身旁。躲在树丛里的阿梢看见达隆睡熟了,连忙跑出来,偷走了画像。她飞快地跑回家,把画像藏在一个隐秘的地方。达隆醒来,发现妻子的画像不见了,着急地四处寻找,但是没有找到。他一口气跑回家说给妻子听。公主忧心忡忡地说:"这么一来,早晚我会遭难,你也会遇到艰险。但一定会云开雾散,雨过天晴。你要冷静,靠自己的聪明才智跨越坎坷,战胜风浪。"

不久,国王打猎经过达隆的村子。阿梢得知此事,十分高兴,她拿着公主的画像去献给国王。老国王看见画像上的姑娘美丽绝伦,好色之心顿起,便派士兵去捉拿达隆的妻子。

那天,达隆上山砍柴,公主一个人在家。看见士兵突然而至,公主知道大事不好。士兵气势汹汹地抓公主回宫,公主拼命反抗也无法逃脱。于是她到炊房拿了一包芥菜籽儿，放进衣袖里，随士兵而去。她心里打定主意，一定要设法脱身。她一边走一边在路上播撒下芥菜籽儿，为丈夫今后寻找她做记号。

达隆干活回来，得知妻子被抓走，痛苦万分。他像一头掉在陷阱中的老虎，暴跳如雷，愤怒地吼叫。他想去寻找妻子，但不知道该走哪条路，只有痛苦地叹息、哭泣。

几天后，达隆在院子和街巷里发现一溜小小的芥菜苗儿，形成了一条长长的痕迹。他顺着望去，看见这条长长的芥菜苗儿形成的痕迹一直延伸到大路上。达隆转身回家，发现灶架上的那包芥菜籽儿不见了，他立刻明白了，这是妻子给他留下的记号。他兴奋地拿着神水瓶出发了。

他沿着芥菜苗儿形成的记号走啊、走啊，日夜兼程，经受了多少日晒雨淋，翻越了多少高山险阻，蹚过了多少大江大河，他不畏艰难困苦，一双草鞋穿烂了，他就赤脚走，直到走得双脚皮开肉裂，鲜血淋漓。每到一村，他就用歌声来换饭吃。他一边走，一边打听妻子的下落。人们同情他，告诉他国王的军队把他的妻子捉到京城去了。于是达隆径直向京城找去。在整整两个月圆日之后，他克服了千难万险，终于到达了京城。

再说公主，自从被荒淫的国王抓进宫，她就整天愁眉紧锁，从未开口笑过。老国王怕逼急了，公主会跳楼自尽，所以只好耐心等待，另寻良策。见国王每天都来问候，公主计上心来。她说，什么

时候国王能让她笑一声,她就同意做他的妻子。听公主这样说,国王想尽办法逗公主一笑。有时像疯子一样,在公主面前手舞足蹈。可公主仍然是愁眉不展,国王是又气又恨。

那天,公主依旧倚栏而立,望着北方遥远的丈夫的故乡,若有所思。国王站在旁边喋喋不休地问这问那。公主满面愁容,不搭理国王。国王强压着怒火,脸气得通红。突然,从皇宫的门外传来一阵悠扬、熟悉的歌声。

"达隆的歌声!"公主轻声地脱口而出。但是也许是没听见公主的话,老国王仍然不停地唠叨着。听着达隆的歌声,公主不知不觉地鼓掌欢笑起来,但她仍然不搭理国王。国王觉得很奇怪。公主自被抓进宫来,这么长时间,从未笑过,而刚才只听了一句歌声就笑起来。公主美丽的容颜也因此又展露出来,看得好色的国王如醉如痴。于是他忙派卫兵到门外把刚才唱歌的人带进来,他要问话。

看见达隆,公主不胜欣喜。见到公主,达隆也万分高兴。但是,两个人仍然装作互不相识。国王问达隆:"喂,要饭的,刚才你怎么唱的,能让皇后笑。现在你再接着唱,如果能让皇后笑,我会赏你许多金银。这样的话,你得赏,我娶妻立皇后。"

公主微笑着暗示达隆,然后对国王说:"启奏陛下,我说过只有陛下自己何时能使我笑,我才会同意嫁给你。至于这个人能让我笑,这不算数。"

国王忙问达隆:"你有什么本事,唱得这么好听?能教我唱吗?

要想唱得和你一样好,那要学多久?"

公主看着达隆,眨眨眼睛。达隆微笑地看着公主,然后巧妙地回答说:"启禀陛下,我只靠这身衣服就能唱得这样好听。我没有什么其他的本事。"

达隆一边说一边指着自己那身褴褛的衣衫让国王看。国王高兴得眉开眼笑,急忙说:"如果只靠这个那太棒了,你快把这身衣服换给我,我把我身上的这套衣服给你。"

于是不等达隆同意,国王立刻脱下身上的锦袍,换上了达隆的破烂衫。接着,国王让达隆等着领赏,并听他唱歌。国王还没来得及唱,达隆已经站起来大声喝道:"卫兵在哪,赶快抓住这个要饭的,给我推出去斩了! 谁让他进来的?"

卫兵们应声冲过去,打算把国王捆绑起来。国王大惊失色,急忙喊起来:"他不是国王,我才是国王。你们难道不认识我了?"

卫兵们再一看,认出那个穿着破衣烂衫的人才是自己的国王,他们转身要去抓达隆。达隆连忙打开神水瓶,在身后洒了几滴水。他拉着公主的手,让她紧靠着自己站着,眨眼之间,水从四处涌来,并且不断升高,最后把国王和他那些残暴的卫兵都淹死了。朝中的文武百官商议后,推尊达隆为国王,公主为皇后。

从此,达隆夫妻又幸福地生活在一起。达隆悠扬、动人的歌声再次四处回荡,让全国的百姓都感到心情振奋。

阿综和阿谕

从前,有一个孤儿名叫阿综。八岁时,他就不得不靠替别人放牛来维持生活。阿综人虽小,但很勤劳。替别人放牛,主人家只付给他米作为工钱,而不给他现钱。因此,每天他一边放牛,一边还要张网捕捉一些小鸟、挖一些野菜为食。虽然能有口饭吃,但是没有钱买衣服,所以他总是穿着补丁摞补丁的破衣服,看上去很可怜。

一个雨天,阿综赶着牛群上山吃草,路上看见一只五彩斑斓的漂亮蝴蝶身上沾满了泥水,快不行了。他捡起蝴蝶,对着它呵气,好一会儿,蝴蝶才缓过来。阿综把蝴蝶放在路边的一块石头上,并对它说:"蝴蝶啊,你好好待在这儿等我,我下午回来路过这儿,把你带回家。我烧火给你取暖,摘花给你玩儿。"说完,他赶着牛群上山了。

到了下午,阿综赶着牛群下山。路过路边的那块石头时,他找了半天也不见那只蝴蝶。他心里感到有一丝遗憾,像失去了一位好朋友。他犹疑地又使劲儿四处张望。忽然听见有人叫他,只见一位面庞白皙,穿着花衣服,温柔妩媚的姑娘正向他走来。阿综向姑娘问好,姑娘自称叫阿谕。

阿综关切地问姑娘,天快黑了,为什么还一个人在这无人的山林里走动。

阿谕柔声说:"我一直是一个人,很寂寞。我来和你做个伴儿吧。天快黑了,你带我一起回去吧。"

阿综正色道:"你怎么能和我在一起呢?我没有父母,没有兄弟,没有房子,没有吃的。我每天替人家放牛所挣的,也就够喝两顿粥的。我不敢让你和我一起回去。天快黑了,你快回自己家吧。"

阿谕仍然笑着说:"如果你同意让我一起回去,那今后我们一起盖房子,一起开荒种地,播种稻谷、玉米和亚麻……"

阿综想到自己的贫困境地,所以仍然予以拒绝。阿谕迫切地问:"如果你不愿意,那刚才你为什么救我?碰了我的身子?"

等阿谕说清事情的原委,阿综才知道,原来她是天神的女儿,变化成蝴蝶下凡来赏花的。因为只顾着赏花,不小心被牛群带倒,差点死在泥地里,是阿综救了她。为了报答阿综的救命之恩,她要嫁给他。阿综很感动,同意娶阿谕为妻。

在回去的路上,阿谕问阿综:"以前,在来这个地方干活之前,你父母的家在哪儿?离这儿远不远?"

阿综说:"小时候我和父母一直住在一个离这儿挺远的村子。那儿的土地很平坦,有许多芦苇和茅草,离这儿大概有半天的路。"

阿谕说,他们应该回到那个地方去成家立业。她让阿综赶快把牛群赶回去,还给牛的主人,然后马上回他父母原来的家。

阿谕转动戴在手指上的戒指,施法刮起一阵轻风,吹送他们二人走得飞快。等他们二人回到阿综原来的家时,天刚蒙蒙黑。但是阿综原来的家已经全都不见了。看着这满目荒凉的景象,阿综简直不知所措。二人只好坐在草丛中歇脚。阿谕告诉阿综,累了就先暂时睡一会儿,然后再搭个临时棚子做饭吃。

阿综听从妻子的话,刚躺下一会儿,就鼾声大作了。

阿谕连忙转动戒指,变出一堆熊熊燃烧的火,火堆旁有一锅玉米面饼,一小锅骨头肉和一坛美酒。然后阿谕推醒丈夫,让他起来吃饭。阿综惊讶地问妻子这是怎么回事。阿谕笑着说:"来吧,饿了就尽管吃饱喝足,还问什么?"

说完,阿谕摆好饭菜,斟上酒,二人吃起香喷喷的饭菜。吃饱饭,阿谕又让丈夫去睡觉。她也躺在丈夫的身边假装睡觉。等阿综睡熟了,阿谕坐起来,转动戒指。忽然,一群人从天而降,他们是阿谕的哥哥、姐姐们,他们从天庭上下来,帮助阿谕盖房子。他们干得很快,顷刻之间就建成了一座高大敞亮、漂亮结实的大房子。房子四周是宽敞的院子。阿谕的父亲带给她一群黄牛、一群山羊、一群猪、一群鸡;母亲送给她三瓮金子、九瓮银子;哥哥们送给她各种金银做成的日常用具；姐姐们送给她各种花色的绸布、衣裤。盖完房子，他们宰了九头猪，杀了九只羊，蒸了九锅玉米面饼，吃完后才返回天庭。

第二天早晨，阿综醒来，发现自己躺在铺着褥子的床上，身上还盖着花棉被，他大吃一惊，以为自己错睡在别人的家里。阿谕笑着告诉他："昨天夜里，我的哥哥姐姐们从天庭下来，帮咱们盖了这座房子，并送了许多用具、家畜，许多金银财宝……"

阿综不相信。阿谕说："如果你不信，那你到灶间去看看。昨天夜里，盖完房子后，我们杀猪庆贺。哥哥姐姐们吃完后还给你留了一个猪头、一锅玉米面饼和一坛美酒……"

阿综随妻子来到灶间，见果然如妻子所说，于是他们便一起坐到饭桌前吃起美味可口的饭菜。随后，阿谕又带阿综到院子里去看那些家畜。阿综高兴地看看牛又看看羊，看看猪又看看鸡。他转身进屋看见许许多多金银做成的用具，跟妻子进里屋又看见不计其数的衣裤、被帐和绸布。

从此，阿综夫妇成为这座房子和一大群家畜的主人。每天，小夫妻俩一边赶牛羊上山吃草，一边开荒种地，种植稻子、玉米。他们的生活充满了幸福。

可自从有了许多的金银财宝和足够的吃穿用品，阿综的性情开始发生了变化。他不再想下地干活，不再愿意上山放牛、放羊。每天他都要睡到日上三竿才起床，顿顿饭他都要杀鸡、宰猪，大吃

大喝个痛快。下午和晚上他总是走东家串西家,到处闲逛。过个三五天,他还要杀猪宰牛来宴请村里的一些富人。妻子要他一起下地锄草松土,他却说已经有了那么多的金银财宝,何必再去干活,受那份辛苦和劳累。妻子要他一起上山放牛、放羊,他却说穷的时候已经替别人放牛放够了,现在何苦再回头过以前那种苦日子。妻子劝他不该整天到左邻右舍家去瞎混闲逛,他却说既然多的是金银财宝,就要广交朋友。妻子劝他不该顿顿杀鸡宰猪地过度大吃大喝,他却说从小一直是忍饥挨饿,现在犯不着再省吃俭用了。

就这样,阿综整天到处游荡,越来越没有节制,越来越肆无忌惮。起初他只是在村里和附近那些狐朋狗友瞎混,后来他越走越远,有时几个月、半年才回趟家。阿谕许多年来孤独地忍受着独眠之夜,一个人里里外外地操持着这个家。她反反复复地劝诫着自己的丈夫,简直说破了嘴。可是阿综全都当成耳旁风,一句话也听不进去。有时他甚至一生气,就离开家走得更远、更久,一年不回来。

一天,阿谕关好房门,把鸡、羊、猪、牛都寄养在邻居家,然后去找丈夫,因为阿综又是很久没回家了。阿谕边走边打听丈夫的消息。到了一个村子,阿谕看见丈夫正和五六个富家子弟大吃大喝呢。每个人都喝得醉醺醺的,满脸通红,像熟透的木鳖果。饭桌上杯盘狼藉。

　　看见妻子来找自己，阿综不仅不问候妻子，反而大声地呵斥她，要赶她走。阿谕耐心、温柔地规劝丈夫，要他和自己一起回家。阿综受那几个坏朋友的挑唆，冲过来想打阿谕。但是看着一向端庄、善良的妻子，他没敢下手。阿谕劝说丈夫，见他不听，只好叹口气，一个人孤孤单单地回去了。路上，她摘了一片树叶做箫，呜呜地吹起来。阿谕愁苦的箫声充满了哀怨和叹息。

　　箫声一响，阿综马上听出是阿谕吹的。他笑了笑，还暗嫌箫声不动听。但是阿谕的箫声却不停地响起，而且更加充满伤感。尽管不想听，但箫声却一个劲儿地传来，在阿综的耳边回荡。阿综突然心乱如麻，浑身烦躁不安，再也不能安坐在酒桌旁了。他一口气往回跑，去追赶那充满怨恨的箫声。

　　阿谕孤单地回到家，又吹了一曲箫，然后轻盈地向天庭飞去。这时，阿综正在往回跑的路上。听见那悠扬、伤感、哀怨的箫声从半空中传来，他忙停住脚，抬头往上看。他看见正是自己的妻子在风中轻盈地飞掠而过。风轻轻地吹着，阿谕也轻盈地飞着。悠扬、伤感的箫声依然四处回荡。阿综大声地呼唤着妻子。阿谕回头望望，但还是径直向天庭飞去。不管阿综怎样喊、怎样叫，阿谕却飞啊，飞啊，一直飞上云端。

　　阿综刚回到家门口，突然随着一声惊天动地的巨响，房子自己飞到空中去了。紧接着，那些牛、羊、猪、鸡也都闹哄哄地离开地面，飞到九层云端上去了。

　　阿综茫然不知所措,愕然地看着这些家畜。他猛然想到应该留下几只好跟自己做伴儿,他飞快地跑到牲口棚。这时,只剩下一只慢吞吞的老公山羊。阿综急忙抱住老山羊,山羊使劲地顶撞、挣扎,想尽办法逃脱,以便和主人一起返回天庭。阿综被顶撞得疼得要命,但他仍紧紧地抓住山羊的双角。山羊虽然壮,虽然凶,但双角被阿综死死地抓住,无法脱身。最后,它的双角被阿综拧得弯下来。老山羊挣脱不开,只好认输,留了下来。

　　从此,阿综又住在了以前的小茅草棚里,过着和从前一样贫穷、饥饿的日子。他悔恨交加,自怨自责,正是因为自己的懒惰和游手好闲,因为自己的薄情寡义,才落到了这种地步。

蓝 翅 鸟

从前,在砚山的东侧住着一位年轻人,他家境贫寒,没有土地。但是靠着强壮的身体和辛勤的劳动,没有什么困难他克服不了。他在山上开山平地,地里的稻子生长茂盛,南瓜果实累累。

年轻人开山凿下的石头轰隆隆地滚下了砚山西侧的山坡,一直滚到了一位正坐着织布的姑娘家的房后。姑娘这样坐在织布机前已经一年了,但还没有织成一匹布,因为对她来说,任何事情都很难。她好逸恶劳,但是她的期望又很高。听见石头滚动的声音,姑娘吓了一跳。她放下手中的梭子,起身来到房后,抬头向山顶望去。她看见一道绚丽的亮光,仔细一看,原来是一条彩龙化成一道彩虹,正在喝水呢。

姑娘急忙沿着石头滚下来的方向向山顶爬去。因为人们常说:当彩龙喝水时,谁来弄出响动,彩龙就会被吓跑,并且丢下许多金盘银盆,这些都是它喝水的用具。姑娘心里迅速地盘算了一下,她织的布不如一个金盘子值钱,所以她嗖嗖地往山上爬,打算捉住

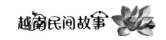

彩龙。

　　姑娘越往上爬,彩虹越往上升高。当她爬到山顶时,彩虹不见了。她只看见一个年轻人正挑着两只装满南瓜的箩筐下山,年轻人的头上是一片五彩的祥云。

　　姑娘看见那一片南瓜地,十分眼馋年轻人的劳动成果。但是她一向过惯了轻闲的生活,很少考虑这些都是劳动换来的。她不想做比织布更辛苦的事,她梦想着嫁给这个年轻人。霎时,她觉得春心荡漾,不禁高声唱道:

　　　　哥哥回家妹相随,

　　　　妹落屋后蕉树头,

　　　　妹停房前窗棂旁,

　　　　哥哥登梯两相见。

　　年轻人似乎没听见。歌声在田野间飘荡,田野不作答;歌声飞上天空,天空不回应。姑娘忧伤地低下头,慢慢地走下山去。

　　刚走几步,她看见一位拄着拐杖的老婆婆走过来。老婆婆一看见姑娘就问:"你为什么哭啊?"

　　"没有,我哪哭了!"

　　老婆婆宽厚地一笑,看着姑娘。姑娘用手摸了一下脸,果然触到了两行扑簌而落的泪水,于是姑娘就把自己的想法如实地告诉了老婆婆。

"我越想越伤心,我想富有,但是手脚没有力气;我想有本事,但是头脑迟钝,不灵活。"

"孩子,想富有和有本事就必须要劳动和学习。"

"不,我不想劳动。我只想能有一种什么神奇的法术,能心想事成,那我就如愿了。"

"这太容易了。你拿着这朵花。当你想要什么的时候,把花插在头发上,你就会如愿的。"说着,老婆婆笑着摘下一朵野花,送给姑娘。

姑娘伸手接过花,刚想表示谢意,可老婆婆转眼之间不见了。

姑娘把花插在头上,想坐着云飞回家。突然,一朵白云从天而降,在姑娘的身边盘旋,然后又驮着姑娘飞起来。姑娘就坐在白云上飞回家了。

姑娘坐在织布机前,织布机咯吱咯吱地响着。姑娘半梦半醒,仍然幻想着那种不用劳动就能富有,不用学习就能有本事的日子。姑娘想到各行各业。她听见织布机咯吱咯吱的声音就好像在说话。

姑娘仔细听,听见织布机对她说:"咯吱咯吱,要想富去垦荒。"姑娘捂住耳朵,因为垦荒太辛苦,太艰难了。

姑娘听见织布机叫起来:"咯吱咯吱,要想富去种地。"姑娘又捂住耳朵,因为种地会浑身沾满泥土,付出太多的劳累才有饭吃。

姑娘听见织布机喊起来："咯吱咯吱,要想富做工匠。"姑娘摇摇头。姑娘听见织布机大声嚷:"咯吱咯吱,要想富去经商。"姑娘的眼泪夺眶而出,泪流成行。她觉得这一切都太难了。

她越织布,织布机就越咯吱咯吱地叫个不停,给她指出致富的办法。姑娘怕极了,不再织布,进屋睡觉,并把那朵"愿望花"插在头上。

姑娘躺在床上,迷迷糊糊地想吃鱼。突然,几片白云纷纷飞入姑娘家。顷刻间,白云载着姑娘高高地飞上蓝天,飞过大河,飞过高山。姑娘看见四周处处都是美景,处处有华美的房舍,处处是金黄的稻谷。但是姑娘从未想过这些东西从何而来,她也不知道它们是用多少汗水和泪水换来的。白云把姑娘送到河边,许多人正卷起衣袖和裤腿儿在水里高兴地捉鱼。人们说说笑笑,一派热闹景象。每个人的鱼篓里都装满了鱼。姑娘看见他们的衣裤都浸湿了,马上畏缩了。她怕苦、怕难,闭上了眼睛。

这时,她感到肚子很饿,希望能有什么吃的,哪怕是水果也行。正想着,白云已经把她送到远处一座山顶上。

白云停下来,姑娘从白云上下来。啊,山上野花竞放,真是五彩缤纷。山坡上,各种树木正是果实累累,飘来阵阵浓郁的芳香。姑娘兴奋地摘下各种果子,大口地吃起来。她在林子里穿来穿去,身上蓝色衣服的衣襟随风飘拂。因为太陶醉了,插在她头上的那朵"愿望花"不知何时掉在哪儿了。姑娘并不在意,也不再需要它了,因为她认为这片果林是一个无尽的宝库,她不用辛苦地劳动也够吃了,山洞就是家,野果就是饭。生活在这里她感到有趣极了。

姑娘没有想到,野果是有季节的。宝库中的果实逐渐减少。终于有一天,树木的果实、叶子都落光了,等待着第二年发芽开花的日子……

姑娘想回砚山西侧的小茅屋,但是她已经忘记了返回的路,她只好以吃树叶为生……

姑娘恍恍惚惚地想起了种南瓜的年轻人。不知道是因为姑娘到了这个年龄而生出对异性的某种渴望,还是因为肚子饿得咕咕叫而使她想到那种靠劳动克服困难才有吃有穿的生活。谁知道呢?

有一天,姑娘吃了一种毒树叶。她变得疲倦无力,身体在长长的蓝衫中慢慢地枯萎……直到有一天,姑娘自己都认不出自己了,她变成了一只长着长长的尾巴和浅蓝色羽毛的小鸟。

这只小鸟还没有啼声。不知是为了谴责自己,还是为了称赞她见过的那个年轻人,姑娘选择了"克服困难"这样一种长长的叫声作为自己的啼声。

姑娘化成小鸟之日,正值凤尾花开的季节。通常小鸟就用"克服困难"的声声鸣叫,迎接夏天的到来。

置 田 买 马

从前有一个叫阿桑的年轻人,他已经很富有了,但他还想更富有。他经常梦想着要把村前那一望无际的田野上夹杂在他的田地之间的几块别人的田地都买下来。一天,他扛着一袋银子出了家门。他打算做一段时间的买卖,挣够同样十袋银子才回来。路上,他遇见了阿意。阿意像阿桑一样贪心,他也打算做一段时间的买卖,赚够比身上背着的银子重十倍的银子。阿桑和阿意碰到一起,互道姓名、籍贯和生辰,然后结为朋友,两个人一起继续他们的行程。到了中午,两个朋友坐在路旁的一棵大树下休息。谈完了做买卖的事,他们又把话题转到长远的营生上。

阿意问阿桑:"这一次如果你发了,你打算干什么?"

阿桑不假思索,马上回答说:"我要回家把夹杂在我的田地之间的别人的田地都买下来,使它们连成完整的一大片。到那时,在我自己的田里地白鹭可以展翅飞翔,上午会有一些飞过的乌鸦因为飞累了而折翅落下来,下午会有一些正在飞的鹞鹰因为飞累了而一头栽下来。等所有的田地都到了我的手里,我要雇用那些卖给我田地的人来为我耕种,他们将使我的谷仓越来越满……"

停了一会儿,阿桑又问阿意:"那你呢,如果你发了,你要干什么?"

阿意心里暗暗想了良久,然后回答说:"我嘛,我也打算置田。但如果你都买了,那我就买马。我要拿出钱把天下所有的大马、小马、公马、母马都买下来,建一个特大的养马寨。我也雇用那些卖给我马的人来为我养马,他们将使我的马匹越来越肥壮,繁衍不息,也将使我的银子一天比一天增多……"

突然,阿桑瞪着眼睛问:"哎呀!你买这么多的马,放它们在哪儿吃草呢?因为到处都是我的稻田了……"

阿意不紧不慢地说:"我放它们是去吃草,但如果它们吃了稻子,那也只好随它们了。我禁止不了它们吃稻子呀!"

阿桑呼地一下站起来,瞪大眼睛说:"什么,你说得怎么这样好笑?你想放马吃光了我的稻子啊?太放肆了吧!"

阿意也呼地一下站起来,面红耳赤地说:"当然了!因为你把所有的地都买下了,我没地方放马,只好放马吃你的稻子了。这一点不足为怪。"

事情开始变得越来越严重了,尽管两个人还没有钱置田买马。

阿桑气势汹汹地抬手打了阿意一巴掌,威胁道:"不能这样做。如果你放马吃我的稻子,我就打死你的马。谁也不能阻止我。"

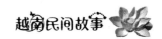

阿意也不示弱,抬手打了阿桑一巴掌,回答说:"嘿!你打死我的马?那我立马打死你。我的马是花钱买的。我从来就没有跟谁认输过。"

阿桑气得双眼冒火,后退了三步,大叫道:"你这家伙说话太过分了。我谅你不敢!我谅你全家也不敢。我从来没让人动过我一根汗毛。"

阿意两眼血红地盯着阿桑的脸,卷起衣袖,跳过来打他。阿桑也不含糊,闪身躲到一旁,抬起脚一下子踢倒了阿意。阿意被踢痛了,更加恼火,他挺身而起,冲过去把阿桑摔倒,阿桑被直挺挺地摔倒在地上。他挣扎起来,又揪住了阿意。两个人扭打在一起,你一拳我一脚,你来我往,互相死死地摁住,谁也不松手,谁也不服谁。正在这时,一个小偷路过这里,看见他俩打在一起,本想过来劝架,但是小偷看见旁边放着两袋银子,便连忙扛起来径直跑开了。阿桑、阿意一见,齐声高喊:"小偷!小偷!"但是两个人仍然谁也不放谁,都怕自己先放手,对方会乘机打自己,所以他们仍然紧紧地扭抱在一起。

见小偷越跑越远,阿桑又叫起来:"喂!丢了银子,你还拿什么当本钱去做买卖来赚钱买马?赶快先追小偷呀!"

阿意也大声喊:"对!丢了银子,你还拿什么当本钱去做买卖来赚钱置田?快点捉住小偷,把银袋抢回来。"

阿桑松开手大声说:"别打了!我们哪儿有什么会毁坏稻田的

马群和需要禁止马来毁坏的稻田？然而我们却为此打得不可开交。简直傻死了，真是可笑至极。赶快先去追小偷，抢回银袋子吧。"

两个人都放开手，撒开腿去追赶小偷，可是小偷已经跑得很远了。

儿媳和女儿

从前,有一位老农民,他有两个女儿和一个儿子。长大后,两个女儿都嫁到了外村,不在老人身边。两个女婿都是富家子弟,虽然家里富有,吃穿用绰绰有余,但他们二人都很小气、吝啬。两个女儿嫁到夫家以后,都很少回来看望父亲。

老人常提起古人说过的话:"女儿是人家的人,儿媳才是自家人。"所以老人从不责怪女儿很少回来看他。每逢这时,他只希望能娶到一个善良的、品行好的儿媳妇来照顾自己。老人走遍了远近许多地方,左挑右选,给儿子娶了一位又漂亮又乖巧正派的媳妇。

可是不久,老人的儿子生病,早早地过世了。老人家里只剩下老人、儿媳和一个五岁的小孙子。老人心里愁苦万分。

老人常常忧虑:自己年岁一天比一天大,身体一天比一天弱,儿子却抛下自己过早地走了,孙子还小,儿媳还年轻。经过几夜的辗转反侧,老人打算把自己一生辛苦积攒下来的一瓮金条和银锭均匀地分成三份,送给两个女儿和儿媳。

一天早上,鸡叫头遍老人就起来了。他收拾好那些金条银锭,放进褡裢走出家门。老人背着钱袋,拄着竹杖,先去大女儿家。他背着重重的钱袋,又顶着夏季炎炎的烈日,走了很长一段山路,浑身汗如雨下。

老人到大女儿家时,正赶上她全家人在吃午饭。饭桌上摆着两碗香味扑鼻的狗肉,一小笾雪白的米粉,一大碗正冒着热气的酸汤。见父亲来了,大女儿站起身问:“您吃饭了吗?”

老人非常生气。从家到这儿,走了整整一上午的山路,沿途哪儿有歇脚吃饭的地方? 然而老人努力按捺住心头的怒火,说:“我一大早已经在家吃过了。你们怎么这么晚才吃? 孩子们肯定饿坏了吧?”

听父亲这样说,大女儿没再说什么,倒了杯水请父亲喝,然后坦然地转身坐到饭桌前,与丈夫和三个孩子继续吃饭。老人气得满脸通红,浑身冒火。他拉下裹在头上的手巾擦擦汗,努力保持着平静。大女儿和女婿也全然不理睬父亲。知道父亲水已经喝干了,大女儿也不给父亲倒第二杯。见此情景,老人尽管还很渴,但也不叫她再倒了。老人默默地站起来,与女儿、女婿、外孙们道别,背着钱袋,拄着竹杖走了。

老人来到二女儿家。虽然许久没见到过父亲了,可二女儿见到父亲时并没有显得很高兴,她冷冷地问父亲:“您吃过饭了吗?”

老人大汗淋漓,把沉甸甸的钱袋放在床上,回答说:"我一早在家吃过饭才出来。现在太阳已经当头了,如果没吃饭,我怎么能走到这儿?"

老人嘴上虽然这么说,但是肚子已经饿得咕咕叫了。他往旁边的饭桌看去,桌上有满满一盘炒鸡蛋,一盘白斩鸡,几小盘炒猪心、炸猪肝等。老人亲切地问:"女婿出去了?全家还没吃饭吧?你让孩子们吃饭吧,别饿着孩子。"

二女儿冷冷地回答说:"我们全都吃过了,你女婿到邻村请客人去了。这桌饭是留着下午请客的。"

老人好像闻到糯米饭的香味,瞥眼向厨房望去。炉灶上有一个蒸锅,老人猜测那一定是锅糯米饭。老人巧妙地问:"那边灶上锅里蒸的是什么?火都快灭了,孩子们快往里添些柴。"

二女儿赶紧回答说:"爸呀,那是我为了灭臭虫蒸的蚊帐和孩子的几件衣裤。"

这下老人知道了二女儿的心眼也很坏。原来,她们出了嫁就把亲生父亲都忘光了。俗话说,"嫁鸡随鸡,嫁狗随狗",果真是一点都不错。老人气得脸通红,虽然身上的汗还没干,但他打算立即起身背上钱袋就走,省得生气。可是,老人饿得肚子咕咕直叫,两眼发花,于是心生一计,对二女儿说:"哎呀!刚才路过村口时,我看见一群水牛正在啃吃一块地里的秧苗,不知是谁家的地。你出去看看,做做好事,叫人家把牛赶走。"

二女儿一听就嚷起来:"该死!该死!爸,那正是咱家的地!糟了!糟了!"

话音未落,她急急忙忙地跑出门,两个小孩儿也跟妈妈跑出去。等他们跑得不见影儿了,老人连忙到厨房打开灶上的锅,正是一锅糯米饭。糯米饭刚刚蒸熟,香味扑鼻。老人抓起一大团糯米饭就拿出来吃。正吃到半截,二女儿和两个孩子已经闹嚷嚷地回到了院子。老人有点儿惊慌失措,不知该把糯米饭藏在哪儿。他忽然想起缠在头上的毛巾,立即把糯米饭团放在头上,然后在上面戴好毛巾。

二女儿进屋,看见父亲头上冒热气,急忙问:"爸呀,您头上怎么冒气呢?您让我看看。"

老人站起来,不慌不忙地说:"你肯定看错了。我活了六十多岁,还从未见过谁头上冒气的。也许你走得匆忙,回来眼花了。"

说完,老人背上钱袋,拄着竹杖走了。

老人又翻山越岭,沿着来时的山路走回家。到家时,太阳已经开始西沉了,篱笆边桑树的影子长长地映在院子里。老人的儿媳正扛着锄头准备去地里看看,见公公疲惫不堪、满头大汗地回来,连忙放下锄头,进屋打了一盆水让老人洗洗脸,就像每次老人出远门回来一样。她柔声地问:"您这么热的天出去,一定累坏了。见到我两个姐姐了吗?洗完脸,您就去躺着歇歇吧,我做好饭去叫您。您想吃米饭还是想喝粥?"

老人想趁此机会也试一试儿媳妇的心，便慢慢说："算了，孩子，我已经吃过了。到现在还没吃饭，不饿死了吗？你要去地里尽管去，免得误了事。"

儿媳轻声答道："好。"

嘴里虽然应着，但她还是到厨房去点火下锅。老人洗完脸，刚和孙子玩了一会儿，饭已经熟了，老人身上的汗也干了。儿媳妇端上饭，饭菜发出的香味让正饥肠辘辘的老人更饿了。但是，老人想试探一下儿媳是不是真心，同时想看看她是否配享受老人一生用汗水和泪水辛苦积攒下的这袋钱。老人故意说："我已经告诉你我吃过饭了，你把饭带到地里去吃吧，让我的宝贝孙子一起吃。我不吃，你收拾了吧。"

儿媳妇温和、真情地说："您吃吧，即使您吃过了，可走了这么远的山路，也该饿了。况且，人家的十顿饭不如自家的一顿饭，让小孙子陪您一起吃，高兴高兴。"

老人原来就喜欢儿媳，今天更了解了她的心，就更怜爱她。老人为自己挑选了一个善良的、品行好的儿媳而感到自豪。

吃完饭，天已经黑了。老人的儿媳没有去地里，她让老人换下浸透汗水的衣裤，像往常一样拿去洗。

洗完衣服，老人指着放在墙角的钱袋，亲切地对儿媳说："孩子，今天上午我带着这个钱袋出去，打算把这里的钱分给你两个姐姐一人一份。但是她们俩都太愚蠢了，不配享用。现在我身体一天比一天差,有一天没一天了。你把这袋子里的钱和分给你的那份钱放在一起,收藏好了,等需要的时候慢慢用。"

老人又小声地吩咐儿媳:"为了进一步看清你两个姐姐心肠的好坏,明天一早我假装死了,你去给她俩报信儿,看看她俩怎么办。"

第二天早晨,老人的儿媳按照老人的吩咐去给两个大姑子报信说父亲去世了。听说父亲去世了,两个女儿急忙跑来。两姐妹从门外就开始干号,进了屋就在父亲的床边满地打滚,哭得呼天抢地,样子非常痛苦、非常伤心。但谁也不掀起蚊帐看一眼父亲的面容。

大女儿哭着说:"爸爸哟爸爸,昨天您来看我,我还炖狗肉请您吃,怎么今天您就走了呢?您在天有灵,要把村头的那块糯米地和半瓮金银分给我。爸爸哟爸爸,我真是太伤心了,太伤心了。"

二女儿也哭着说:"爸爸哟爸爸,昨天您来看我,我还宰了一只最大的公鸡请您吃,怎么今天您就急着走了?您在天有灵,要把村尾的那块玉米地和半瓮金银分给我。爸爸哟爸爸,我真是伤心死了,伤心死了。"

老人躺在床上,屏住呼吸细听两个女儿的哭号,越听越看清了嫁给了富有而吝啬之徒的两个女儿的贪婪和虚伪之心。老人气得血往上涌,起身下床,顺手拿起竹杖,劈头盖脸地向两个坏心眼的女儿打去。老人边打边骂:"什么狗肉,什么鸡肉,什么村头的糯米

地,什么村尾的玉米地！昨天我背着钱袋给你们去送钱,可你们让我饿着回来,一杯水都不让我喝。如果没有善良的好儿媳妇,我昨天就已经变成饿死鬼了。"

老人打累了,转身对儿媳说:"对这些口是心非、不仁不孝之辈不能宽恕。"

老人的两个女儿羞愧得无地自容,捂着脸一口气跑回家,不敢再回头看父亲和弟媳一眼。

吃人一口　念人一世

从前,有一户农民的三个女儿长得都很健康、漂亮。但是,大女儿的性情与两个小女儿完全两样。她既泼辣又刁蛮,还好逸恶劳,家中的一点点小事她也不愿做。她爱打扮、爱漂亮,整天只是坐在屋里,照着镜子梳妆打扮。每天,当年迈的父母和两个妹妹忙里忙外地操持家里、地里的活儿时,她总是借口需要有个人看家而要求留在家里。而两个小女儿则性格开朗,与同龄的伙伴们相处得很融洽。

后来,大女儿嫁给了一个财主的儿子,家里的金银财宝、稻谷粮食多得都盛不下。这财主的儿子从小受到父母的娇惯,长大后不爱学习,也不想做任何事,只是整天游手好闲,与那些狐朋狗友花天酒地,挥霍攀比,追逐酒色。他自高自大,胸无点墨,却总是自认为比别人聪明有才。他经常夸夸其谈,教训他人,有时耻笑这个,有时讽刺那个。但是说得越多,他越孤立,越显露出他不学无术的真相。他还十分贪婪、吝啬,既愚蠢又固执,不听父母的劝告。

许多时候,他还故意违背父母的劝诫,经常自命不凡地对朋友说:"老人们絮絮叨叨,咱们要与他们说的对着干,让他们知道我们的厉害。"

两个小女儿嫁给了一般人家的儿子。两个小女婿与大女婿截然不同。两个人住在不同的村子,从小吃苦耐劳,聪明好学,明白事理,与周围所有的人都相处得很融洽。

平时,岳父岳母家有什么祭祀、聚会,三个女婿都被请来参加。大女婿看不起两个小女婿,显得很傲慢。两个小女婿越谦逊文雅,大女婿越趾高气扬。两个小女婿帮忙干活时,大女婿则找机会与客人们一起高高地坐在床上,装出一副老练的、上流权贵的模样,喋喋不休地说东道西,以显示他比别人懂得多。好脾气的岳父岳母很喜爱两个小女婿,但也很迁就大女婿。他们常说:"唉,算了!女婿们操心帮忙家里的事很好,不帮忙也没什么。儿媳是儿,女婿是客。"

一天刮大风,农民的旧房子被刮塌了。两个小女婿得到消息立刻和妻子一起来探望。他们一起砍竹子,临时搭建了一间小屋让两位老人暂住,然后把稻谷、玉米、木薯、用具、财物等都搬进临时搭建的小屋,安排得井井有条。两个小女婿和岳父岳母商量,计划再盖一座新房子,然后两个小女婿各自和妻子回家,去准备盖房时招待帮工吃饭所需的酒肉、大米和蔬菜。

过了两三天,大女儿夫妇才过来探望父母。两位老人讽刺地说："唉！这是天灾,躲也躲不过。如果你们很忙,那还过来干什么? 省得浪费时间,耽误了你们的事。两个小女婿、小女儿已经给我们临时搭了一间房,暂时住着,他们已经商定了盖新房的日子。"

大女婿冷冷地说："我们得到信儿晚了,所以过来迟了。"

听岳父岳母说了盖新房的日子,大女婿一个劲儿地嚷嚷盖房那几天他正忙,要上衙门去帮助官老爷审案,说他肯定不能过来帮忙了。

大女儿埋怨地说："盖房子需要很多人,父母还要去请本村和邻村的伯伯、叔叔们来帮忙,你大女婿不来,人家会怎么看你呀! 你为什么不去禀告官老爷说家里突然有事呢! 官老爷如果没有你帮忙,他会找别人;没有你,官老爷难道还断不了案了,哪有这个道理? 咱家的事,咱们自己操心。"

大女婿还是一味地推托。他哪是上衙门帮县官审案啊? 不过是找借口而已。他本来就一向很少关心岳父岳母家的事,而且他还有点儿怕,因为他从来没帮任何人盖过房,即使那天来了,他也不知道自己能做些什么,只有在两个小女婿和众人面前丢丑,暴露出自己的懒惰和无知。

盖房那天,两个小女儿和她们的丈夫一大早就和家人一起挑着一担米、一头猪、十只鸡、一瓮酒、一担瓜过来了,所有这些都是招待帮忙盖房人吃饭要用的。放下担子,两个小女儿马上下厨房和村里来帮忙的姐妹们一起忙起来。两个小女婿也卷起衣袖,和

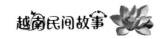

村里人一起挖土、打地基、立房柱、上椽子……

　　大女儿到中午了才一个人过来。她担着十来竹筒米、两瓶酒、两只鸡、两公斤猪肉,抱着一捆青菜。刚进院子,担子还没放下,她就喋喋不休地告诉父母:"我那口子不能过来帮忙了,他还要忙着上衙门帮县官审案,快的话也要后天办完公事才能过来。他叮嘱我过来和您二老说一声。"她故意大声说,好让正在帮忙盖房的人都听得到。

　　听大女儿这样说,有人开口道:"可贺! 可贺! 这真是二老莫大的荣耀。有这样聪明、博学多才的女婿,被县官请去帮忙审案,真是儿子胜过父亲,乃家门大幸也!"

　　人们接着叽叽喳喳地议论起来,说什么的都有。有人相信,有人怀疑;有人称赞大女婿有才,能说会道,受到官老爷的信任和重用;有人则撇撇嘴,讥讽说:"铁锹把儿占了好地,能长出什么苗来?"大女儿却得意地走进了临时搭建的小屋。

　　五天以后,新房子盖好了。按照自古以来的乡村俗规,在搬进新房子时,农民夫妇要请客,庆贺新房的建成。三个女儿和两个女婿商量着要拿些东西过来帮助父母招待客人。庆贺新房建成那天,两个小女儿和婆家人又挑来了十斤米、十只鸡、一瓮酒、一担瓜,两个小女婿又抬来一头猪,以备两位老人安排请客的酒宴之用。

　　前来参加庆贺新房建成的客人很多,远近的乡里乡亲、左邻右舍、亲朋好友,来了满满一屋子。两个小女儿和小女婿进进出出,倒酒端菜,招呼客人。客人们不见大女婿和大女儿,互相私下小声打听。有人嘴快,询问主人夫妇。女主人笑着说:"大女婿有事儿,上衙门帮县官审案快十天了。大女儿嘛,丈夫不在家,她家里事儿肯定很忙,过不来。他们俩已经事先告诉我们了。"

听见女主人的话,邻村的一个人大声说:"哪是上衙门帮助官老爷审案去了?前几天,包括昨天,我都看见他和六七个朋友在我的邻居家大吃大喝呢。每个人都喝得酩酊大醉,胡言乱语,互相高声叫骂,最后都像一摊泥似的躺倒在院子里,周围吐得脏兮兮的。"

有人严厉地说:"还敢欺骗岳父岳母,太不像话了!"

有人补充道:"不来帮忙盖房也就算了,搬新房这天也不带着礼物来庆贺,还欺骗岳父岳母,这是什么大女婿呀!太坏了!太坏了!"

搬进新房的第二天,大女儿夫妇才来庆贺。大女儿挑着几竹筒米、两只鸡、两瓶酒、两公斤猪肉作为贺礼。大女婿笑着说:"县官审判了许多十分复杂的案件,我为这些公事忙得昏天黑地,县官一直夸我帮忙做事十分得力。今天我们才有空过来庆贺父母新房建成,请父母多多原谅。"

听大女婿这样说,他岳父气得满脸通红,眼睛瞪得圆圆地看着他,什么话也没说。两个小女婿咧嘴相视一笑;两个小女儿则撇着嘴一言不发。他岳母微笑着轻声说:"真不错,有两个小女婿和许

多人的帮忙,房子已经盖好了。如果有你参加,那当然更好。自古以来,盖房子需要许多人一起干,才能打好地基,竖起房柱,吊上房梁,架好椽子,盖上房顶……虽然有许多伯伯叔叔来帮忙,但是自家人更需要在场。如果自家人都不干,那人家会耻笑的。"

说到这儿,老人止住话让给别人说,但是谁也不说。老人笑了笑,又接着说:"再说,盖房子是家家都会遇到的事,今天你家,明天我家。也就是说,今天我来帮你是为了明天你来帮我。今天我们不关心他人的事,那当我们需要人帮忙的时候,还指望别人能来帮我们吗?如果你确实是在衙门帮县官审案,那谁也没的说;如果你是故意找借口,别人才会耻笑你。你没有错,有什么要原谅的?"

听了岳母的一番话,大女婿心发慌、脸发青,但他故意装出若无其事的样子。全家人都看得很清楚,唯有大女儿仍然冷冰冰地仰着个脸,因为她不知道自己的丈夫根本就没去县衙而是在邻村和朋友们吃喝玩乐。当妈的很聪明,教导过大女婿后,就把话题引到高兴的事情上去了。

一家人在新房子里聊天,两个小女儿去厨房做饭。最小的女儿知道大姐夫嘴馋、贪吃,就想送他一个让他铭记一生的忠告。在做猪心时,她故意切了一块比较长比较厚的,然后在这块猪心之间塞了一个那种个头虽小,但是极辣的朝天椒,使这块猪心看上去比别的都显得块儿大。她坚信大姐夫肯定会夹起这块猪心。

吃饭时,饭桌上的饭菜并不十分丰盛,但也有鸡肉、猪心等等。

全家人围坐在一起高高兴兴地吃饭，每个人都很谦让。在夹了几口一般的菜后，大女婿就一下子夹起了那块最大的猪心。他正好嚼着了那个朝天椒，急忙勉强咽下去好减轻点儿辣的刺激。但是没想到朝天椒辣极了，辣得他直流眼泪。他怕眼泪顺着颧骨流下来，所以不敢好好坐着，只好仰面朝天以阻止泪水流下来。他怕大家看见他贪吃的丑态，只好坐在那儿，仰面看着房顶，不夹菜，也不说话，装出一副思考问题的样子。

因为不知道他是吃到了朝天椒，岳母见他这个样子就说："喂，你自己随便夹菜吃啊。有什么事要如此思考？"

岳母的一句话似乎给他指出了一条解脱之路。他低下头，擦了擦眼泪说："妈，他们做事太糊弄人了。我仔细看了看，房顶上的每一块草片只打了三个竹结。我想想就流出了伤心的泪。"他接着解释说，"妈，您再好好看看，这样每块几尺长的草片，人家上下只捆了三个竹结，那怎么能行呢？按理说，这样长的一块草片应该打上七到十个竹结，那草房顶才会坚固持久。人家这是太小看我们了。真是人情淡薄，越想我就越禁不住要流泪。妈，您仔细想想。"

说完，大女婿顺手擦擦眼泪，装得很伤心，他再也不觉得难为情了。见大女婿泪流满面，全家人都忍俊不禁。最小的女儿得意地笑弯了腰。岳母又慢条斯理地说："没关系，孩子。人们一般在每一块草片上都只打三个竹结。没有人忍心糊弄我们，因为我们从来也没做过欺骗别人的事。这三间房，二十八根梁柱，根根都刨

得笔直光滑;柱子上的每个孔都凿得大小适中,一只小蟑螂也钻不过去;五十对椽子搭得平直均匀;三百块草片被成排成列地捆扎得平平整整。一切做得都很漂亮。伯伯叔叔们干得很认真。照理说,你应该夸赞和感谢大家。只可惜你没时间和那些帮助父母的伯伯叔叔兄弟一起为盖房出点儿力。"

老人一口气说了这么多,然后看着大女婿和两个小女婿的脸,探询着每个人的态度,又接着说:"孩子,你还年轻,吃的饭不如别人吃的盐多,走的路不如别人过的桥多。世上还有许多事你不懂,经常错怪别人。你不要只认为自己聪明、有本事,而经常贬责这个,讽刺那个,那会出错的。特别是你不要做违背世间习俗的事……好了,可以了,你只要能这样做就好了,孩子!"

说到这儿,老人止住话,大女婿面红耳赤,一句话也说不出来。两个小女婿微笑着,两个小女儿相视不语。老人笑着请全家人继续吃饭。

小姨子放的辣得让人流泪的朝天椒和岳母谆谆的劝导,使一向只是大声教导别人的大女婿只有沉思默想和不停地擦眼泪。

百　节　竹

从前,在一个村子里有一个狡诈的财主,名叫老贾。他用各种手段来剥削给他干活的人,靠这他才富起来。老贾有一个很漂亮的女儿,到了该嫁人的年纪,但还没有合适的人选。在老贾家里有一个长工,名叫阿开。阿开很小就到老贾家里来干活了,他干活很卖力气,为老贾家做了很多事。这一年,阿开十八岁了,可以自己生活了,有可能会离开老贾家。老贾生怕阿开离开,家里就少了一个壮劳力,于是就想办法留住阿开。

一天,老贾把阿开叫来,对他说:"你在我家干了这么些年,的确是辛苦了。你起早贪黑,勤勤恳恳,干得很不错。为了表示奖励,我要把小姐嫁给你。"

阿开听后,信以为真,非常高兴。从那以后,他就把这里当成自己的家,干活更勤快了。但又过了三年,老贾还没有把女儿嫁给他。这时,附近村里一个有钱的村长派人来为自己的儿子求亲。老贾贪财,就答应了,并开始准备一次盛大的婚宴。

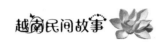

阿开发现自己被骗了,很生气,就去找老贾问个明白。他对老贾说:"你说过要把小姐嫁给我,现在却说话不算数,把她嫁给别人,这是为什么?"

老贾看到阿开竟敢这样跟自己说话,就要打他一顿。但是老贾转念一想:阿开的确也干了不少活,要是打了他,他一生气跑了,也怪可惜的。但是要是就这样不让他娶到我女儿,他又会纠缠下去。我得想个办法让他知道自己没本事娶到我女儿。于是老贾对阿开说:"我没把小姐嫁给别人,这个婚宴就是给你准备的。但是如果你想快点结婚,就得做一件事:你再辛苦一次,上山去找一根有一百个节的长竹子,婚宴上要用很多筷子,需要竹子。办完这件事,你就可以成为我女婿了。"

阿开知道很难找到有一百个节的竹子,但是没有别的办法,他只好上山去找。他找了半天,找遍了一个又一个山头,怎么也找不到有一百个节的竹子。他很失望,坐在山坡上,不知该怎么办才好。

突然,一个鹤发童颜的老人家出现在阿开眼前。老人双目炯炯有神,面带微笑,拄着一根拐杖,一副很从容的样子。老人和蔼地问阿开:"你坐在这里想什么事情呢?"阿开便把整个事情的经过告诉了老人。老人听完后,对阿开说:"我可以帮你,你去砍下够一百个节的几根竹子来。"

阿开听了老人的话,很快就在附近砍下了够一百个节的几根竹子。老人对着竹子,轻轻地念道:"进去,进去。"很神奇地,只见那几根竹子自己连在了一起,成了一根有着一百个节的长竹竿了。阿开很高兴,正想拜谢老人,但抬头一看,老人已经不见了。阿开这才明白:老人是神仙,来帮自己了。

阿开高高兴兴地扛起那根竹子,准备下山回家。但是山路狭窄崎岖,竹子又太长,不是碰着这棵树,就是碰到那棵树。阿开又不敢把竹子砍断。怎么办呢? 阿开又没办法了,坐在那里一筹莫展。

这时,老人又出现了。弄清楚事情的原因后,老人伸手指着竹子,轻轻地说:"出来,出来。"只见那根很长的竹子又应声断成了几根短竹子。老人对阿开说:"你也可以像我这样,随意地让竹子连在一起或者断开。"说完老人就消失了。阿开把断开的几根竹子捆在一起,扛着竹子高高兴兴地下山了。

阿开回到村里,看到老贾家里人来人往,热闹非凡,老贾正在婚宴上大吃大喝。阿开知道自己上当了,怒气冲天。他径直来到老贾面前,告诉老贾自己已经砍回了竹子。老贾看竹子,大笑着说道:"我是叫你砍一根有一百个节的长竹子,而不是够一百个节的几根竹子。这些不行。你不能按我的要求去做,我当然就不能把女儿嫁给你。"

周围的人也跟着老贾大笑起来,不停地讽刺阿开。阿开就当没看见。他把老贾叫到院子里,然后对着竹子轻轻地说:"进去,进去。"只见那些竹子连到一起了。老贾觉得很奇怪，就走到近前，想看明白。没想到一不小心，他自己也被粘到竹子上去了，他越是挣扎就粘得越紧。周围的人都大惊失色。老贾的亲家，也就是那个有钱的村长和他的儿子走上前想把他拉出来，但他们俩也被粘上去了。三个人抱在一起，大声求救，但周围的人谁也不敢上前。他们都知道阿开的厉害了，只好齐声为这三个人求情，请求阿开把他们放下来。

阿开看到坏人已经受到了惩罚，就轻轻念道："出来，出来。"竹子自然就断开了，粘在上面的三个人才得以解脱。

下来以后，有钱的村长再也不敢要求娶老贾的女儿做儿媳妇了。他和儿子悄悄地溜走了。老贾无话可说，只好遵守诺言，把女儿嫁给了阿开。

公主与瞎马

从前，一个国王有三个女儿，这三个公主都长得十分美丽，但她们的性格却大不相同。

两个姐姐整天就想着将来嫁给有钱人，然后过上锦衣玉食的生活。所以她们选择丈夫的时候，只注意那些有钱的人。果真，后来她们都嫁给了富有的人。由于家中长年累月都有花不完的金银财宝，所以两个姐姐整天饱食终日、无所事事。

而三公主的想法和作风都不同于两个姐姐。她不想过那种饭来张口、衣来伸手的生活，也不想依赖任何人。她这样想，也这样做，她每天都勤勤恳恳地劳动，希望自己成为一个自立的人，而不是靠别人的钱财来养活自己。她希望能找到一位勤劳、自立而又善于劳动的人做自己的终身伴侣。

有一回，国王让三公主嫁给一个年轻的将领。这个年轻的将领是朝廷中一位老将的儿子，那位老将曾为朝廷立下过汗马功劳，家中也十分富有。但是公主没有答应父王，因为她知道那位年轻的将领并没有什么能耐,却常常仰仗着他父亲的威名,仰仗着家中有钱有势而胡作非为、横行霸道,士兵们心里都不服他,周围的人们都不喜欢他。

三公主还了解到这个将领曾经有过一个妻子。看到丈夫身上有那么多的缺点,动不动就拿钱财收买或威胁人,那妻子便苦苦规劝丈夫,可是无济于事,她还常常遭到丈夫的臭骂和毒打,妻子实在受不了了,就离他而去了。

想到这些事,三公主就不寒而栗,她坚决拒绝了那个年轻将领的求婚。

国王很生气,但看在皇后的面子上就没有强迫三公主。

不久,又有一位宰相托媒人来说亲,想让三公主嫁给他的儿子。但三公主又拒绝了。她温柔地对父王说:"尽管宰相的儿子家中有权有势,他的俸禄也十分丰厚,但是他本身没有什么有利于国家和百姓的才华,而且整天只知道拿着钱财去花天酒地,没什么出息。如果女儿我嫁给了他,也一定会变成一个颐指气使的人。我看我还是不要嫁给富人为妻的好。"

国王听了三公主的话大为恼火,狠狠地训斥了她一番:"你这个愚蠢的东西,净说些荒唐话。我要把你嫁给富人是为了让你过上荣华富贵的生活,你却不知好歹,两次拒绝了富裕人家的求婚。你将来究竟想怎么样,啊?"

三公主从容地回答父王道:"女儿将来只想依靠自己的双手自

食其力,不想依靠丈夫家的财产过那种附庸的生活。"

国王听了更生气,一怒之下,他决定把三公主赶出宫廷。他只送给公主一匹瘦弱的瞎马,对她说:"既然你不愿意在富人家过清闲的日子,那么你就滚得远远的。我倒是要看看你怎么用你的两只手致富。你要是达不到你两个姐姐富裕的程度,你就永远别回来。"

三公主一点也不伤心,她带上自己的行李,牵着那匹瞎马就走。她抚摩着瞎马说:"马儿啊,你现在是我最亲密的朋友了。如果将来我依靠自己的双手富起来,一定想办法治好你的眼睛。你现在和我一起去过一种新生活。你要把我带到一个我们能够生活的地方。我相信你一定能帮我找一个好人家,因为你的年龄比我大嘛。"

马儿似乎听懂了她的话,长嘶一声作答。公主骑上马儿开始了她的行程。她信马由缰,让马儿带自己去一个该去的地方。

那匹马虽然老弱,两只眼睛也瞎了,但它仍能辨别方向,而且走路也十分平稳。他们从京城的两三百家房子面前走过,接着,又走过了那有一百来户的市镇,进入了那有六七十户人家的村子。这些人家都是家道殷实的人家,可马儿走过这些地方时都没有停下,没把公主带到任何一家的院子里去,它仍是那样不紧不慢地走着。

天色渐渐晚了,乌鸦都扇动着翅膀飞入森林,斑鹿们也相互叫

喊着回洞了。走过了那个人口稠密的村子，三公主很希望马儿能把自己带到一户人家去，但马儿仍然往前走着。三公主想，可能是马儿眼瞎，看不见天快黑了吧。

当天黑的时候，马儿带着她来到了森林边的一个小茅屋前。

马儿仰天长啸了一声。茅屋里的母子俩觉得很奇怪，就出门来瞧瞧。

公主从容地从马上下来，走到茅屋前向老妇人和年轻人问好。公主一问才知道老妇人是个寡妇，今年已经六十开外；她儿子满三十了，以砍柴烧炭为生，人们都称她儿子为烧炭郎。他们母子殷勤地请公主进了茅屋。

在一阵寒暄之后，公主报了家门。她说自己想到这儿来做老妇人的儿媳妇。听了公主的话，老妇人慌忙站起来拱手向公主请安。老妇人说什么也不肯答应公主要做她儿媳妇的要求。公主不禁笑起来了，她恭敬地请老妇人坐下来谈。而烧炭郎也竭力谢绝公主的好意，他诚恳地说："我们这种乌鸦之躯怎敢跟凤凰比翼双飞呢？今天天色已晚，就委屈您在我们这儿歇一晚。等明天天亮后，您愿意去哪儿，我们为您带路。"

公主只得诚恳地把宫中发生的事情和自己的想法讲给烧炭郎母子听，然后她恳切地说自己想留下来做老妇人的儿媳妇，做烧炭郎的妻子。老妇人想不出什么理由来拒绝她了，只好高高兴兴地答应了公主的要求。吃完一餐家常饭后，公主便询问了干活的事和家中日常的生活。他们亲切地交谈，一直谈到了深夜。

第二天早上，母子俩就像往常一样各干各的事。老妇人在鸡未叫的时候就起来给儿子做饭，让他先吃了去干活。烧炭郎也起得很早，他先为母亲挑了两担水，然后把炭整理好放到门口的炭囤里。公主也帮着做家务，她比在宫中的任何一天都起得早。她打扫房屋和院子，把鸡从笼子里放出来，在院子里喂鸡，给猪喂糠，把马牵到林子边上吃草，等等。

吃过早饭，烧炭郎就带着柴刀和斧头，背着两个篓子进山了。公主想跟着丈夫一起去。烧炭郎和老妇人都不忍心让公主这么早就去干她还不熟悉的重活。老妇人让公主跟自己一起去挖园子，以便能赶上季节种玉米。公主也很高兴能和婆婆一起在园子里干活。

尽管是第一次挖园子，但公主挖得很顺手，因为她十分高兴干这样的活。她和婆婆一起挖了一上午，她们放下手中的锄头进屋里稍微休息了一下，又接着挖起来。到了傍晚时，公主又赶紧去山坡上割草回来给马吃。天黑的时候，烧炭郎挑着重重的炭回来了。公主又赶紧到门口去迎接丈夫。干了一天的活，大家都累了，但劳动人家是这样温暖和睦，每个人的心里都很高兴。

自从有了妻子后，烧炭郎就不用去集市上卖炭了，因为妻子可以帮他去卖，这样，他就可以一整天在林子里砍柴、烧炭，烧的炭就比以前多了很多。

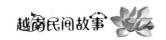

　　公主也渐渐地熟悉了体力劳动,由于经常干活,她的身体也越来越健壮了。每次从集市上回来后,她都还要到园子里跟婆婆一起干活。

　　有一天,公主在挖园子时突然挖到了一块鸡蛋那样大小的金子。她捡起金子放入衣兜,而没有告诉婆婆。看见儿媳妇捡了一块石头放进衣兜,婆婆只以为宫中的人对那种石头也感到稀奇,就笑起来,并没有问儿媳妇什么。第二天,公主又捡到了一块金子,她又把它放入衣兜。她把捡到的金子都藏在床头。烧炭郎也不知道妻子捡到了金子。公主依然每天在园子里同婆婆一起挖地,然后撒种。烧炭郎依然每天去林子里烧炭,回来时总是挑着满满的一担木炭。

　　虽然每天都忙于干活,但公主并没有忽视对瞎马的照顾。她每天下午都要挤出一点时间来割草喂马,或者去林子里采集树叶回来给马晚上吃。中午的时候,她则停下手中的活,牵马去喝水或给马洗澡。

　　有一天,她牵马去喝水时碰到了一位道士。道士见她的马长得膘肥体壮,毛皮光滑,眼睛却是瞎的,就停下来问她。她恳求道士帮忙治好马的眼睛。道士说,要治好你的马就必须到仙山顶上采一种紫色的叶子给马吃,还要去仙山顶上汲取喷泉的水来给马喝,你要连续这样做三个月才行。公主非常感激道士。从那以后,每天下午干完活,公主就飞快地爬上仙山顶峰去采树叶,汲取喷泉的水回来喂马。她坚持做满了三个月，果然，马的眼睛治好了，公主高兴得就像自己的病好了一样。从那以后，每次公主去牵马饮水时，马都要嘶叫一声来表示它的高兴之情。

有一天，公主又要求跟丈夫一起去山里烧炭。丈夫还是没答应，因为他怕妻子不能走那些崎岖的山路。等丈夫走了不久，公主就偷偷地跟在他后面走。到了目的地后，公主向丈夫学习砍树和把树剁成一节节的方法。公主从来没砍过树，但她虚心学习，又能吃苦，所以很快学会了。没多久，砍下的树枝就堆满了炭窑。公主和丈夫商量再挖几个炭窑。

第二天早上，她和丈夫一边看着炭窑，一边挖第二个窑。挖到中午，公主挖到了一块像香蕉那样大小的金子。她赶紧把金子捡到衣兜里，而没告诉丈夫。他们接着挖，她又挖到了两三块金子。她高兴地捡起金子叫起来，拿给丈夫看。烧炭郎拨了拨炭窑，过来跟公主一起挖，他们又挖到了大小不同的许多金子。

烧炭郎尽管知道金子的贵重，但他没有放弃烧炭。因为他知道还有很多人等着买他的炭。挖金子的事，他就交给了妻子，挖多少算多少，并不计较。

挖了第二个炭窑后，他必须花更多的时间来烧炭，因此更没时间来帮妻子挖金子了。公主也不花时间去挖炭窑了，她留出时间来做自己的事。她每天都能挖到十来块可以装满两竹筐的金子。她告诉丈夫要保密而且要想办法把金子带回家藏起来。

　　从那以后，每天夫妻俩傍晚回家时都挑一担木炭，再让马驮一担木炭，每次他们都在木炭中夹杂十几块金子。就这样，他们挖金子、运金子，整整过了三个月，他们运回家的金子的数量已经相当可观了。公主把金子小心地埋在屋里。看着那一堆堆的金子，公主高兴极了。她对丈夫说："我们靠自己的双手挖出了这么多的金子，而且挖过金子的地方还成了梯田，可以用来种玉米或稻谷。"

　　那时，他们种在门前园子里的玉米已成熟了。公主和丈夫一起加盖了一间茅屋来放玉米。

　　他们把三个月捡到的绝大部分金子埋在炭窑附近，那些金子的数量比国王的金库里的金子还要多五到十倍。公主同丈夫和婆婆商量去置田买牛，他们都同意了。接着，公主又让丈夫进宫去丈量王宫的尺寸，以便回来盖一座同样大小的宫殿。

　　烧炭郎按照公主的意思进宫去量尺寸。国王看见一个陌生人在自己的宫内转悠，还在王宫上摸来摸去，就大声叫住他："你是谁？在我的王宫里转来转去，还摸这摸那，是不是想偷我的金银财宝？你给我老实交代，不然，我砍了你的头。"

　　烧炭郎一点也不害怕，他从容地回答说："启禀陛下，我是一个烧炭郎，是您的第三个公主的丈夫，是您的女婿。我是按公主说的话来这里的，我们想知道王宫的尺寸，好回去盖一座同样大小的宫殿。"

　　国王听了烧炭郎的话，更生气了，他怒气冲冲地训斥了烧炭郎一顿,就叫人来把他赶出去。公主的两个姐姐也来将烧炭郎嘲笑了一番,说他简直是胡说八道,异想天开。烧炭郎什么也没说,只是从容地离开了宫殿。

回家后,他把发生的事讲给公主听,公主听了安慰丈夫说:"这没有什么,你别往心里去。我们总有一天会让父王和两个姐姐理解的。现在我们还要忍耐一阵子。你也别埋怨两个姐姐,世上像这样说三道四的人很多,不要跟她们计较。"

第二天,烧炭郎到城里请来了几个出色的泥瓦匠,把他们带到公主面前。公主把自己想要盖的房子的样子告诉了他们。泥瓦匠们不愿意干,因为他们觉得那样的房子太大了,他们都怕烧炭郎夫妇没有足够的银子来付工钱。于是公主写了保证书给他们,让他们尽管放心。泥瓦匠们才高高兴兴地坐下来讨论盖房子的方案,并着手干起来。只花了几个月的工夫,他们就盖起了一座像王宫那样巍峨壮丽的房子。

搬入新房子的那一天,公主让烧炭郎去请国王和王后来玩。

于是烧炭郎就进宫去请国王和王后。听说三公主盖了新房,要举行庆祝仪式,王后十分高兴。王后准备接受邀请,但她还得听听国王的意见。这次国王没有训斥烧炭郎,但他不相信三公主能盖得起房子。国王讥笑着对烧炭郎说:"你们要是用金轿子和金网床来接我们,我们才去。"

烧炭郎回家把国王的要求说了。公主微笑着让工匠立刻做了

一顶金轿子和一个金网床。烧炭郎就让人抬着金轿子和金网床去接国王和王后。

国王见了烧炭郎一行感到非常吃惊，没想到公主竟真跟他较劲，他想去看看公主到底靠什么生活，竟然能有这样多的黄金。国王让王后把大公主、二公主也带上。

国王一家到达三公主家时，正好有许多宾客来参加庆祝活动。国王、王后和大公主、二公主都感到非常吃惊。看着那座雕龙画凤、巍峨雄伟的房子，他们四个人面面相觑，不知三公主一家是靠什么弄来的钱，因为她的丈夫不过是一个小小的烧炭郎呀。两个姐姐在房子里走来走去，看了个遍。她们羞愧地看着，非常后悔曾经讥笑过烧炭郎。

与此同时，马在马厩中长嘶了一声。国王问起马，烧炭郎就把马牵到院子里来。马看见了四个人，就仰起头，竖起耳朵又长嘶了一声，仿佛在向老主人问好。看着那匹健壮而双眼明亮的马，国王很受感动。他抚摩着马的脖子问三公主："孩儿，你是怎么拥有今天的财富的？"

公主和烧炭郎站在一起，对国王真诚地说："启禀父王，我们靠自己的双手获得了一切。"

在同宾客们一起进行了三天的庆祝活动之后，三公主和烧炭郎请父王、王后和两个姐姐多待一阵子再走。

看到三公主嫁给了一个穷丈夫却拥有了那么多的财富，国王和王后以及两个姐姐都很佩服她,没有人敢像以前那样轻视三公主了。在寒暄中他们一家变得格外亲密。这时候,国王对大公主和二公主说:"真是勤劳的双手能创造一切财富啊。你们都只知道坐着闲聊,只靠着现有的财产过着寄生生活,而不知辛勤劳动。今后,你们要以妹妹为榜样。"

大公主和二公主羞愧地低下了头,脸红到了脖子根。三公主知道两个姐姐由于懒惰贪玩,坐吃山空,现在已经耗尽了家财,就送给她们每人一些金子,让她们回去做本钱。

三公主把那顶金轿子送给了国王。她诚恳地请王后留下来多住几天,以弥补她们长久分离的日子。

从此,三公主和烧炭郎一家过着幸福美满的生活。

巧断盗牛案

从前，有一个农民，他家里很穷，全部家产只有一头水牛和两块梯田。农民十分珍爱这头水牛，每次下地干活，他只是在日头不太晒的时候让牛耕一会儿地，等到太阳开始晒得厉害了，他就赶紧卸下水牛放它到山坡上去吃草。白天，农民一边干农活，一边割上一担青草带回家，用来夜里喂牛。炎热的夏日，他就牵着水牛到小溪里去洗澡。由于精心照料，他的牛长得又肥又壮，毛皮光滑油亮。村里的人都夸赞他养了一头健壮、温顺、能干的好牛。

然而一天夜里，一个坏人乘着农民到邻居家喝酒的机会，偷走了他的牛。第二天早晨，农民发现牛丢了，急忙在周围的几个村子里到处查找。一天下午，他在离家十里远的一个村子里发现自己的牛被圈在一户人家的牛棚里。农民直接到这户人家去要自己的牛。但是偷牛人不但不还，还如此这般地大声恐吓他。农民只好告到官府。

这位官老爷在此任职已经很久了，素有为官清廉、办事认真负

155

责的美誉,曾经非常公正地断过很多案件,辖区内的百姓对他都十分信任。这次接了农民丢牛的诉状,官老爷想了想,然后直接来到偷牛人的村里,决定现场审案。

站在官老爷和村长面前,偷牛人堂堂正正地回答说:"这头水牛就是我的。我家里有十多头肥壮的水牛,我才不会贪心去偷别人的牛呢。如果你们不信,我可以把这头牛的特征逐一说给你们听。如果我说错了,我可以不要这头牛,还赔他五十两银子。"

农民也肯定地说:"这头牛是我的,我没说错。我敢保证,如果认错了,我不要这头牛,还给他我的两块山坡地。"

官老爷听原告、被告双方说得都很肯定,就让他们二人立下字据,随后让偷牛人讲出水牛的所有特征。偷牛人仰起脸开始数说水牛的特征:按照前腿量,牛高十一拳;牛低头吃草尾巴自然垂下时,从牛头量至牛尾共十五拳零三节中指长;牙口四岁龄;共有六个旋儿,两个长在腹胃之间,一个长在双眼上方的横额上,两个分别长在左右双肩的两侧,一个则长在距肚脐三掌宽的上方;两只牛角长短不一,上面有不同的凹缝,左角两拳零三节中指长,上面有八条深缝和一条浅缝,而右角两拳零两节中指长,上面有七条深缝和一条浅缝;牛的右耳比左耳短半节食指。

听偷牛人一口气说了这么多,官老爷暗赞他有一副好记性。根据偷牛人所述的记录,官老爷命令村长逐一查验那些特征,结果正如偷牛人所讲。官老爷转向农民,让他说说认牛的凭据。

农民说:"我从来没有量过牛的高矮,也从未数过它身上的旋儿和角上的凹缝。平时在家里,每当我将将它的双角,它就伸出舌头舔舔两边的嘴角。我只记得这么一个特征。"说完,农民走到水牛旁边,双手将将它的双角,水牛就真的伸出舌头舔了舔两边的嘴角。

官老爷思索片刻,又与村长交换了一下意见,然后判定偷牛人胜诉,因为他说对了牛的许多特征;而农民只举出了一个特征,不足为凭。

听到这个审判结果,农民不服。他不停地喊冤,并牢牢地握住牵牛绳,紧紧地抱住牛的脖子,不让偷牛人把它牵走。

官老爷一时不知如何是好,只好延迟到第二天再审。官老爷昭告农民所在的村子及偷牛人所在的村子的所有长老及一家之主,第二天早晨都要来听他断案。

第二天早晨,看见来了许多长老和村民,官老爷便详述了事情的始末,自己审案的方法,以及做出的决定和原告、被告双方的态度。

村民们都吵吵嚷嚷地议论起来。几位长老交头接耳,叽叽咕咕地议论了好一阵儿。官老爷放开时间让大家充分交流意见。当喧闹声逐渐减弱以后,官老爷又重新恢复好秩序,开始征询大家的意见。

一位长老起身说:"承蒙大人请我来听断案,我不偏袒任何一方。通常人们在圈里养头水牛，没有人或很少有人像被告一样去逐一测量牛的身高，数牛身上的旋儿和牛角上的凹缝，包括我本人也是如此。然而，为什么被告却非常仔细地测量了这头牛的身高，数了它身上的旋儿和角上的凹缝，并且又把所有的特征都记得如此清楚？我很怀疑。"

偷牛人马上站起来争辩说："你的话说得太奇怪了。我的牛，我当然要记住它的每一个特征。就像人家的孩子，人家当然要知道自己孩子身上的痣和疤痕。"

官老爷再次征询两个村村民的看法。另外一位长老站起来说："被告说得也太离奇了。自古以来，谁会这么注意地去量家里牛的身高，数它身上的旋儿和角上的凹缝？大家都听到被告说他家里有十几头牛，大人可以让他说说牛棚里其他几头牛的特征。如果他说对了，记得家里所有牛的每个特征，那我们就都得承认这头牛是被告的。大家先冷静点儿，不要急着怀疑被告。"

听了两位长老的话，所有在场的人都认为他说得有理。官老爷连忙派人到偷牛人的家里又牵来了三头牛——一头公牛、一头母牛和一头小水牛，然后让被告说说每头牛的特征。果然不出所料，偷牛人根本说不出这几头牛的特征。

此时，真相大白。在事实面前，官老爷判农民胜诉，并对偷牛人说："正是因为你刚刚偷了这头牛，所以才故意量了它的身高，数了数它身上的旋儿和角上的凹缝，企图使其主人理亏败诉。而那

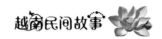

几头牛是你的,你怎么没有像这头牛一样,数数它们身上的旋儿和角上的凹缝呢?你偷了牛,还如此奸诈狡猾。你必须把牛还给农民,还要赔给他钱。"

偷牛人再也无法狡辩,只好把牛还给农民。另外,按照立下的字据,他还必须赔偿农民五十两银子。

农民接过牛,只要了十两银子,作为这五六天为了找牛和打官司而误工的补偿。他感谢官老爷和各位长老的公正判决,高兴地牵着自己心爱的牛回家了。

金戒指和铜戒指

从前,有一个小偷,他很有些手段。一旦探查到哪户人家有钱财,不管你收藏得多谨慎严密,他都能使用各种诡计想办法给偷出来。他还常常在集市上耍手段,偷骗别人的钱财。

每次去集市,他都穿上一套非常漂亮的衣服,腰里塞上三五两银子,作为与别人套近乎的本钱。但是一旦他跟谁套熟了,他就立即耍花招,把人家骗进圈套。因此当地人都知道他,都躲着他。但外地人或很少来集市的人不了解他,还是很容易被他欺骗。

一天,一位老人带着十两银子来到集市,想买两头种猪回去喂养。小偷正在集市口徘徊窥伺,寻找目标。看见老人走进卖种猪的店铺,他马上知道老人身上有钱,连忙有礼貌地与老人攀谈起来。他的谈吐显得很有教养。他带着老人从这家卖猪铺看到那家卖猪铺,帮助老人挑选种猪,嫌弃这头猪爱挑食,那头猪好打翻食槽,等等,他表现得非常热情、殷勤,使得老人一点儿也不怀疑他。最后,他带着老人看了一对种猪,他说这两头猪好养,长得快。老

人觉得也比较满意。趁老人仔细察看那两头种猪时,他很快地偷出老人衣袋里的银子,轻手轻脚地溜走了。等老人发现银子丢了,大嚷大叫起来,他早就不见了。老人寻遍了集市,哪儿找得到那个小偷啊!

老人生气地回到家,躺在床上,不住地抱怨。他一边咒骂那个缺德的小偷,一边讲给妻子听。他妻子心疼钱,转过身来数落丈夫,责怪他轻信他人。两位老人说着说着就吵起来了。正在院子里玩的小儿子见父母吵吵嚷嚷的,急忙跑进来,询问事情的原委。了解了事情的经过后,小儿子说:"你们别生气,别发愁丢了钱。我现在马上到集市上去,把那些钱找回来。"

老人正在气头上,听小儿子这么说,更是气不打一处来,骂道:"哼,你个十三岁的小毛孩,吃口烫饭还哭呢,吹什么牛啊,小孩儿还敢跟大人比聪明。"

小儿子自信地对母亲说:"您把您的纯金戒指和我姐姐的镀金铜戒指借给我,我有办法让那个小偷把银子还给父亲。"

听小儿子一说,老人站起身来骂道:"行了!行了!我已经丢了十两银子,像被牛踢了一脚,心疼极了,现在你难道还想把戒指也送给他吗?别发神经了,孩子他娘,你别犯傻啊!"

小儿子捏住母亲的手,示意并轻声地催促道:"您放心,我行的,您要相信我。"

母亲打开箱子,拿出两枚戒指,说:"这枚镀金的铜戒指只值一钱银子,也就是一竹筒米吧。可这枚金戒指则值十几两银子呢。你考虑好再做。"

小儿子拿起两枚戒指,分别放在两个衣兜里,直奔集市。集市上人很多,买卖东西的人熙来攘往。小孩儿把金戒指戴在手上,钻来钻去地到处找那个小偷——他父亲已经给他讲清了小偷的样子。小孩儿还没发现小偷,小偷却已经瞄上了他。见小孩儿手上戴着金戒指,小偷在后边紧紧尾随着。小孩儿假装没注意到他,瞥眼看见他的两个衣兜还是鼓鼓的,知道肯定是父亲丢的银子还在那儿。在集市上逛了一会儿,见小偷还跟着自己,于是小孩儿停下来,举起手让小偷看看戒指说:"喂,大叔!我想把这枚金戒指卖掉,换点儿钱买套新衣服。但是我不知道拿到哪儿去卖。麻烦您帮我指一下那些买卖金子的店铺。"

小偷一听,正中下怀,想到正好可以有机会接近小孩儿,他心中不禁暗喜,便乐呵呵地说:"行!行!你跟我走吧。"

说完,他牵着小孩儿的手来到一家金店。店主从小孩儿手里接过戒指,仔细地看了看,然后放到秤上,确定是纯金的。店主笑着还价说:"这枚戒指是真金打的,不多不少,我给你十两银子,你卖不卖?"

小孩儿拿回戒指,小心地戴在手指上,一边走,一边对身旁的小偷说:"太便宜了,我不卖了。不给十五两银子我才不卖呢。您带我去另一家金店吧。"

　　小偷怕小孩儿卖了戒指,急忙拉着他来到另外一家金店。小孩儿又把手上的戒指拿给店主看了看,称了称。这家店主最多也只给十两银子。小孩儿拿回戒指,又小心地戴在手指上,走了。小偷仍然热心地跟着小孩儿,寸步不离。

　　小孩儿来到集市尽头的水井旁舀水喝。乘小偷转身到篱笆边找地方小便,小孩儿迅速地摘下纯金戒指,放进兜里,又拿出镀金铜戒指戴在手上。等小偷走近了,小孩儿假装不小心,把戒指掉进了井里。小偷看得清清楚楚。小孩儿慌忙叫起来:"大叔,麻烦您赶快下井帮我把戒指摸上来。丢了戒指,回家我会被打死的。"

　　小偷觉得没有比这更好的机会了,便哄骗小孩儿说:"好!你别担心,我下去给你找找。"

　　说完,他马上脱下衣服,跳到井里,把他放在衣兜里的刚从老人那儿偷来的十两银子和自己带着做本钱的三两银子忘得一干二净。他潜到井底找了一会儿,看见了那枚"金戒指",他连忙又把它藏好,打算等没人时再回来取。

　　当小偷潜到井底时,小孩儿则飞快地搂过他的衣服,从兜里掏出所有的十三两银子,三步并作两步地一口气跑回家去。

　　在井底藏好小孩儿的戒指后,小偷爬上井台儿,见衣服没了,他像是挨了狠狠的一击。因为他正赤身裸体,没穿衣服,所以不敢去追小孩儿。他又跳到井里,找出那枚戒指戴在手上。他自言自语地说:"丢了十两银子,但得到了这枚价值十两银子的金戒指。

算了,也算互抵了。尽管还是损失了一点儿,但也还算幸运。"

小偷找到了衣服,穿上后直奔刚才那家金店。店主拿起戒指看了看,又扔还给他,说戒指不是真金的。

小偷急得满脸通红,怒冲冲地说:"我和你打赌,如果这枚戒指不是真金的,那我给你当伙计,白干三年。"

店主恬然地抿嘴一笑,拒绝说:"算了吧!还打什么赌啊。我马上就能让你明白。"

戒指被扔进火里。随着风箱的拉动,戒指渐渐露出了铜戒指本来的暗红色。

小偷气得脸色发青,拿着假金戒指叫道:"罢了!这真是'打雁的让雁鹐了眼',我一个大人却让一个小孩子给骗了。"

隐 身 衣

从前,在高平地域有一个叫阿潮的年轻后生,四处漂流以打鱼为生。除了一副渔网外他什么财产也没有。尽管很穷,但他心肠很好,每次打到鱼,他都会拿到集市上换成米去救济那些遇到的穷苦人。因此,这里的穷苦人都很爱戴他。

在高平待了一段时间后,阿潮又来到太原。在太原,阿潮同样像在高平一样尽全力地帮助穷人。有一天,他一条鱼也没有打到。在回家的路上,他看见村口一棵大树下蹲着一个光着身子浑身发抖的老乞丐。看到老人可怜,他走上前脱下自己身上唯一的一件衣服披在老人身上。

时间过得很快,一天阿潮正在江心撒网捕鱼,突然他听到远处的小山上传来悦耳的琴声,于是他停下手如痴如醉地倾听着。第二天,他又在这里捕鱼,又听到传来与前一天一样的琴声。第三天,琴声仍然从那座小山上传来。他感到很好奇,于是收起渔网,顺着上山的小路爬了上去,希望能够见到弹琴的人。寻着琴声,阿潮分开灌木和芦苇草快步向山上爬去。来到了一片空旷的地方，阿潮见一个老翁坐在一块石头上。老人因为沉醉在琴声之中所以不知道有人走近。阿潮认出这位老人好像就是那一天在村口大树下遇到的那位老乞丐。等到一曲终结的时候，阿潮走上前问道："老人家，您怎么坐在这里弹琴呀？"

老人抬起头和蔼地看了阿潮一眼，然后指着眼前的一块石头让阿潮坐下，说："孩子，我之所以坐在这里就是为了等你呀！你爬上来一定很累了吧？先坐下来休息一会儿吧。"

老人递给阿潮一杯茶，接着问道："孩子，你还认得我吗？"

"认得呀！"

阿潮马上回答说："您不就是那天坐在村头路边大榕树下的那位老人家吗？"

"没错！"

老人回答说："孩子！那天你宁可自己不穿衣服，也要把仅有的一件衣服给我。像你这样好心肠的人真是不多见呀！"

说完，老人脱下自己身上穿着的衣服披在阿潮身上，然后一下子就不见了。

阿潮知道这可不是一件普通的衣服，是一件宝贝，一件隐身衣。只要穿上这件衣服，就是面对面别人也不会看见自己。阿潮高兴极了，从此开始四处周游。他常常穿着隐身衣随意出入有钱人家，大摇大摆地走进内室把钱财和粮食拿出来分给那些穷苦人。

阿潮悄无声息地救助穷苦人,又悄无声息地惩治那些丧尽天良的恶人。一些已经饿得没有一点力气躺在路边唉声叹气的人常常会看见一堆钱币突然出现在自己面前;一些正在公堂上打人的官吏常常会突然感觉到自己后背遭到皮鞭抽打一阵刺痛,但是当转过身来找时什么人也没有看见。奇怪的事情不断出现,使得整个地区传言不断,有人喜也有人忧。人们都认为,这是老天开眼了。

阿潮就这样四处周游去帮助穷苦人。一天,他来到了京城。他穿着隐身衣大街小巷四处游荡。他大摇大摆地走进一些大户人家,最后走进了过去像他这样的人根本进不去的王宫深处。他见京城满街都是穷苦的人,于是就从王宫里搬出钱财分发给街上的穷人。王宫国库中的财宝日渐缺少,但是没有人知道是谁干的。整个京城的大街小巷都传说有神仙下凡,专门拯救穷人和惩治邪恶。仙人随时都可能在任何地方出现,但是永远也不会露出真面目。

阿潮每天还是做着解救穷苦人的事情,视之为自己分内之事,而从不考虑让人如何报答自己。富人家见自己家库房里的钱财日益减少,财产不翼而飞,都非常担忧,在院前院后门里门外安排了许多家丁日夜看守,但是没有任何作用。

然而有一天,在惩罚了一个仗势欺人的恶霸之后,阿潮看见大批家丁从前后左右涌过来,他连忙逃出恶霸的家门。慌乱中阿潮的衣服被竹篱笆上的一根刺儿撕扯掉了一小块布,他就找了一小块布把衣服的破洞补了起来。每天,他还是跑到王宫的库房里去干自己的活儿。

自从发现仓库内的财物日渐缺少,国王下令看守库房的官员们一定要设法抓住这个神秘的盗贼,否则将会被治罪,绝不宽恕。官员们想尽了一切办法抓捕,但是毫无进展。库房里的东西继续减少,而官员们还是没有找到任何有用的线索。最后,官员们想出了一个办法,他们制作了一张非常轻巧的大网,只要发现有可疑的地方就抛网捕捉。

一天,一个看守库房的官员发现一只白色的小蝴蝶从窗户外飞了进来。蝴蝶在几锭白花花的银锭上面转来转去,而后又飘飘悠悠地从窗户飞走了。官员发现银锭少了几锭,立即叫人张网扣了上去。阿潮被逮住了,就是那块补丁导致了阿潮的暴露。看守库房的官员抓获了盗贼高兴极了,立即把阿潮押解前去见国王。国王下令将其收监择日进行审判。

就在阿潮被关进大牢的时候,邻国的几十万大军打了过来。国王派军队前往抵抗,但是一次次都遭到失败,无法阻拦敌军暴风雨般前进的步伐。形势一下子紧迫起来,边关危机的消息每天不停地传回来,京都已是人心惶惶。阿潮闻讯自告奋勇前去杀敌救国。国王闻听高兴极了,连忙派人给阿潮打开镣铐,宣他进宫,问道:"你需要多少兵马?"

"启奏陛下!"阿潮回答说:"我一个人就可以赶走凶恶的敌

军。陛下只需要给我一柄宝剑就可以了。"

国王连忙把自己身上佩带的宝剑解下来交给阿潮,并封阿潮为护国将军,下令全体军队听从阿潮的号令。

出发的前一天,曾经得到过阿潮救助的穷苦的人们得知阿潮已经被释放并被封为将军准备前去杀敌的消息,纷纷前来要求随阿潮出征。阿潮便把他们整编成为军队共同出征。

来到敌人攻占的地区,阿潮立即穿上隐身衣,手拿宝剑直接进入敌营。只一会儿工夫他就将敌军先锋部队的将军杀死。敌军没有了指挥官就像是被砍掉了头的蟒蛇,四散溃逃。阿潮的士兵埋伏在各处把溃逃的敌兵一个一个地捕获。阿潮又来到敌军的其他营地,如法炮制。很快敌军的先锋部队都被消灭了,敌军士兵一个不剩全都成了俘虏。剩下的敌军非常害怕,认为大越国有神人相助,致使许多猛将都被砍了头。邻国的国王见派出的军队已经无心再战只好下令撤兵。自此边界再无战事。人们到处都传颂着阿潮所立下的功劳。

阿潮率军凯旋,国王大加赞赏,并封阿潮在朝廷为官,赏赐两个县作为他的封地,还把公主嫁给了他。从此,人们称他为阿潮大人。今天,在高平和太原还有祭祀阿潮大人的庙宇。

铁匠和徒弟

从前,天上有一位神名叫铁圣巨人,专门掌管人间的铁匠和铸造业。铁圣巨人经常下凡四处游荡,以各种方式向铸铁匠们传授技艺。在人间行事期间,他发现这些铁匠弟子中有一些人十分贪心且心地歹毒,因此,他在传授技艺的同时还要设法帮助这些人改掉这些坏毛病。

有一位铁匠肩上挑着铁匠挑子,挑子里面放着各种干活的工具,如铸造炉、模具、剪子、钳子、夹子、锤子……边走边吆喝着:"做锅、做罐、做灯座、做铜锣、做花瓶,可修旧成新喽!"

由于铁匠手艺熟练,因此不管哪家叫他去干活,只一两天的工夫他就可以干完活。其间包吃包住,干完活拿到工钱后,他就又挑起挑子走村串巷,生意很好。

一天,铁匠挑着挑子正在大步流星地走在赶往集市的路上,半路突然遇到一个肩上也挑着铁匠挑子的后生。小伙子见到铁匠立即停下脚步,双手抱拳恭敬地打招呼说:"对不起,打搅一下。我跟着我的师傅学徒好几个月了,不幸的是前几天在经过一片树林时我们师徒二人走散了。我找了好几天,到处打听师傅的下落,但是没人知道。请问您是否看见一个名字叫阿周,年纪五十开外,个子高高,留着络腮胡子的师傅?"

铁匠摇了摇头:"我从未见过这样一个人。"

小伙子停顿了一下,脸上带着恳求的表情又说:"真是不巧!我跟师傅也学到了一点儿手艺,本想继续学下去能够真正熟练掌握这门技艺,没想到我们师徒二人现在却天各一方。现在既然遇到了您,就请让我跟着您吧,我可以给您挑担子和周到地伺候您。只要能够学到手艺就行,其他我别无所求。不知您能否可怜可怜我,同意我留下来?"

铁匠一开始遇见小伙子就感觉有些疑惑,现在听了小伙子的一番话后觉得他不过就是个刚刚入行的生瓜蛋子,心里想:这活估计我一个人干也就足够了,在哪干活都有主人家的招待,不用操心。有个人帮忙挑担子,虽然可以轻省一点儿,但是自己现在尚身强体壮,并不太需要人帮忙。况且得到几贯钱的工钱,难道还要分给别的人不成?

想到这里铁匠回答小伙子说:"我看你岁数不大阅历也很浅,双手白白净净的也没有干活的样子。干这一行不是那么容易的,你还是回去学习种地吧!"

小伙子听到铁匠这样说连忙继续恳求说:"我会干不少事情,

您就收下我吧。您就先试试,如果看我真的什么也干不了,或者侍候有不周之处的时候,您再把我赶走也不迟!"

见小伙子不停地乞求并保证绝对忠于自己,铁匠便改变主意同意了。小伙子变忧为喜,一下子就趴到地上行拜师礼,然后将自己的挑子与师傅的挑子合二为一,挑在肩上跟着新的师傅继续上路了。

还没有走到集市,半路就有人前来请师徒二人到家中铸造一口很大的铁瓮。讲好价钱后,师徒俩就开始架炉,制作模具,忙乎了几天才完工。干活儿期间,铁匠发现这个徒弟笨手笨脚,似乎什么都不懂,从客户家中走出来,铁匠在路上对着徒弟埋怨说:"你说你能干好,可我看你就是个饭桶!"

铁匠没料到自己的徒弟脸上没有表现出一丁点儿的羞愧,反而不慌不忙地对他说:"师父,我从我原先的师父那里学到的是另外一种手艺,与您刚刚在人家家里干的活并不一样。"

铁匠感到很奇怪,连忙问道:"你说什么?难道你学到的是其他的铸造手艺,说说看是怎么回事儿?"

"我从前的师傅不做什么锅碗瓢盆、香炉花瓶,而是铸造活人:使老人可以返老还童,坏人可以变成好人。"

铁匠以为这家伙疯了,更加感到奇怪,问道:"你说什么?我还从来没有听说过呢。"

"师父,这可全是真的呀!这个手艺很简单,没有什么难的,也

不太辛苦。只要用我从前的师傅留下来的几个模具就可以办到了。"

说完，徒弟把几块模具拿出来给师傅看。铁匠逐个地仔细观看着这些神奇的模具。

徒弟接着又说："师父，尽管我只学到了一些皮毛，但是这事并不难，而且还可以挣到更多的钱。现在您每次接活最多也就挣个四五贯钱，但是我从前的师傅每次接活都可挣个一两百贯钱"。

铁匠越听越觉得徒弟说的没谱，但是见徒弟说话时的表情并不像骗人，因此他开始有点儿相信这是真的了，说："你能不能像你刚才说的那样亲手做给我看一次？"

"师父，徒弟原先的师傅曾经放手让徒弟自己这样干过，因此徒弟一个人做保证没有任何问题。"

"那你从前的师傅是怎样吆喝的呀？"

"我从前的师傅是这样吆喝的：'谁愿意坏人变好人，七十变十七，快来找我，如假包换！'"

听说有这样的事，铁匠更加感到好奇，他盼望着徒弟马上着手做一次试试，好让自己开开眼，于是对徒弟说："好吧，那我就暂时把我的活儿放一放，以后就由你来吧。你尽管像你从前的师傅那样吆喝。如果遇见有人雇你，你就做给我看看。但是你要记住，如果闹出了什么事可与我无关呦！"

然后铁匠就把吆喝和一切活儿都让徒弟来做。到了一个村子,一个人家听见吆喝声便把师徒二人叫进院子问道:"七十变成十七是怎么回事?"

小伙子回答说:"这就与旧锅翻新变成新锅的活儿差不多!但是现在不是翻新旧锅而是翻新真人:丑的可以变美,老的可以变年轻。"

这家人说:"我老爹已经七十多岁了,老爷子身体非常虚弱,已经瘫痪在床好多年了,如果翻新后能够返老还童身体健康那就太好了! 不知你们要多少工钱呀?"

"很便宜,我只收您150贯钱,并且为我们免费提供吃喝。此外,再准备20捆柴火和一口大铁锅,给我找一间封闭的屋子,免得有生人偷窥。"

"如果成功,那150贯钱也不算贵。但是出了人命怎么办?"

"如果出了人命我来偿命,我现在就可以与您签订生死文书。"

铁匠从一开始就密切注意着徒弟所做的一切事情,见徒弟所为都表现出很是在行。徒弟首先要来纸和笔签下了生死文书,其中写道:做不到就不收钱,发生命案或者受伤则甘愿承担牢狱之责。师徒二人从容地吃完饭,师父在徒弟的带领下进入屋内。徒弟摆好各种模具又是捏又是塑地干了起来,边干边把每个步骤讲解给师傅听。仅半天工夫徒弟就捏饬完了,然后他把大铁锅坐到燃烧着熊熊炭火的炉灶上面。紧接着,徒弟把老爷子扶进屋中脱下衣服并轻轻地击打了一下,老爷子直挺挺地倒地死去。徒弟不慌不忙地把老爷子的尸体放到大铁锅里,在锅里倒上水,边拉着风箱边在锅里来回搅和着。三天三夜后,锅中的水越来越少变成了浓缩的汁液,徒弟将汁液倒入模具中。又过了三天三夜等汁液凉透凝固后,徒弟把模具的盖子打开,果然看到有一个人形在颤颤巍巍地蠕动,而后坐起身站立起来,从脸上看还依稀可以辨认出老爷子原来的样子,但是原来干瘪的面颊现在丰满红润了起来,原来的白发也变成了油亮的一头黑发。

几天来铁匠一直在焦急地等待着,现在看到死人又活了过来,而且就像吆喝中说的一样,既年轻又健壮,他才长长地舒了一口气。这家主人见老爷子得以返老还童高兴极了,立即跑到屋中拿出了150贯钱和其他许多财物摆放到桌子上,对铁匠师徒千恩万谢。小伙子立即将一半的钱交给师父。铁匠惊喜异常,不停地夸奖着小伙子,心里暗暗地想:要说做起来也不是什么难事,又可以赚到这么多钱,怎么就没人早知道该这么干呢?

铁匠师徒告别了这家人继续上路。来到另一个村子后,一个做生意的老板请他们给自己驼背的老夫人重塑一个腰和重新塑造一口好牙。就像上一次一模一样,双方先签好保证文书,把模具摆放好,然后把老太太打死放入锅中煮。这一次铁匠由于胸有成竹不再慌乱,他卷起袖子把活从徒弟手里抢过来,忙里忙外。经过六天六夜的等待,打开模具的盖子时果然看见老太太已经变成了一

175

位美少女,人们见了无不称奇。

看着手上徒弟递过来的钱财,铁匠寻思着:所有的玄机都隐藏在这些模具之中。这小子只用这几样模具就赚到了大笔的钱财。哼!钱是多么好赚呀!这些就连小孩子也会做。我何不把这些模具据为己有,这样一来我就可以独享了?

铁匠心中暗暗地盘算着。这天师徒二人来到一个村庄,铁匠马上找到村长诬陷自己的徒弟偷了几锭银子。小伙子拼命辩解,但是从小伙子捏的泥像中不知怎么就掏出了几锭刻有字的纹银,使得小伙子有口难辩。最后小伙子被村长戴上枷锁关起来并准备送官。而铁匠将小伙子的全部家当据为己有,挑着担子扬长而去。铁匠走到一个很远很远的村庄才停住脚步,他找到一家人准备为这家的一位80多岁的老爷子施行返老还童之术。像自己的徒弟所做的一样,铁匠也是先签署了一份生死文书,接着按照徒弟教给他的方法又是捏又是塑地折腾了一番。然后他把老爷子请进屋,同样将老人击毙,并按照上一次的程序进行处理。但是经过几天的等待,当打开模具的盖子时,汁液并没有凝固成人形,铁匠慌了神,非常害怕。又等了三天三夜,可结果还是不成。老人的几个儿女等不下去了便破门而入,铁匠惊慌失措,请求再宽限三天三夜。又是三天三夜过去了,铁匠打开模具的盖子看时这才真正感到了绝望。老人的几个儿女冲上前来把铁匠一顿暴打,然后给铁匠戴上枷锁送官。

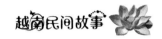

　　在前往官衙的路上,铁匠脖子上带着木枷,看着满身挨揍留下的青紫伤痕,他突然感到这就是对自己贪心和狠毒的惩罚。他非常后悔,嘴里不停地念叨着,希望铁圣巨人能够宽恕自己,并允诺保证痛改前非,改掉身上的坏毛病,请求再给自己一个机会重新拜师学艺,免除自己的死罪。到了第三天,在从乡村押往县衙的路上,他们来到一个茶摊歇脚。突然铁匠看到自己的徒弟正坐在茶摊的桌子边喝茶。铁匠一下子跪在地上磕头如捣蒜,请求徒弟高抬贵手。

　　徒弟笑着说:"我正是铁圣巨人。没有想到你们这帮人的心肠是这样阴险狠毒。我本应该重重治你的罪,但是看在你已经悔过的份上且饶恕你。你们要时常相互告诫,既然是入了这一行就不能阴险地算计别人。即使再穷也要有良心,要干干净净。"

　　话音刚落,呼的一下小伙子的身影就不见了。突然,老爷子的一个儿子呼哧带喘地跑来,上气不接下气地说:"快把人家放了吧,老爷子已经活过来了,现在正在模具中蠕动着呢。"

　　从此人们都说,干铁匠这一行的匠人们都非常惧怕铁圣巨人,揽活后没有人再敢动歪心思,尤其是在搭伙干活时,再也没人敢相互算计了。

少女奇遇记

从前，一位穷人家的女儿很不幸一生下来脸上就长着一个肉瘤，而且随着女孩年龄越来越大肉瘤也跟着不断长大，使得女孩的相貌与其他女孩相比十分丑陋。女孩并没有因此而悲观，每天依然说说笑笑，嘴里还不停地唱着歌。

一个夏日的中午，女孩和伙伴们一同到树林里去拾柴火。由于一直专注地寻找蘑菇，女孩朝着树林深处越走越远。时间已经过了下午，乌云黑压压地布满了天空，一场暴风雨就要来了。当女孩回过头来打算寻找小伙伴时已经来不及了，狂风夹杂着大大的雨滴横扫了过来，不时响起干枯的树枝被风雨折断的嘎巴嘎巴可怕的声音。女孩没办法只好到处跑着找地方躲避风雨。女孩幸运地找到一处老树的树洞，然后缩起身子钻了进去。当风雨过去天晴了的时候，女孩从树洞中钻了出来，这时天已经是漆黑一片。女孩怕天黑一个人走林中小路可能遇到危险，就打算在树洞里等到天亮以后再设法找到走出林子的路。女孩回身将树洞里面收拾干净然后又爬进去躺下,并把捡到的柴火堵在洞口以防野兽。

睡到半夜的时候,阵阵歌声、笑声和乐器的声音把女孩从睡梦中吵醒了。女孩从洞中向外看去,只见外面月光明媚,在老树树洞一侧的一块空地上有一群人正在高兴地唱歌跳舞。女孩从树洞中爬了出来,起初她以为是一些起早走进山林的人坐在那里等待天亮,跳跳舞唱唱歌打发时间。但是仔细看去,女孩发现不是这么回事。这些人个个外形奇特,衣着古怪,有的皮肤漆黑,脸上长满又浓又密的黑毛,模样十分狰狞。女孩心里想:可能是遇见一群妖怪了!

女孩突然感到一种恐惧感油然而生。然而她还是壮大胆子走近了一些,躲在老树的树干后面悄悄观看着。鬼怪精灵们不知道此刻有人正在偷看着他们,依然又唱又跳。他们唱歌的声音不怎么好听但是气氛很是热烈,不知不觉女孩也受到了感染,不由得也小声地跟着他们唱了起来。女孩的歌声越来越大,她已经忘记了自己偷偷摸摸藏在树后的处境。

听到歌声,鬼怪精灵们突然安静下来,而后全都朝着老树树洞这边跑了过来。其中一个说道:"哈哈,太妙了!太妙了!小姑娘你过来,来加入我们的联欢,一块儿来热闹热闹。"

说完他们拉着女孩来到空地上继续欢快地又唱又跳。女孩大着胆子大声地把刚才哼的歌又唱了一遍,嗓音清脆,吸引着鬼怪精灵们竖起耳朵静静地聆听了起来。女孩唱完一首歌后大家同声称赞，而后又兴致勃勃地跳起舞来。他们拿出番石榴、无花果等请女孩吃，吃完又请女孩接着唱，然后他们边演奏乐器边舞蹈，一直折腾到天快要亮了。

森林中的野鸡开始鸣叫，联欢不得不结束。其中一个小妖对女孩说："你唱得太好听了！明晚再到这里来接着唱好吗！"

女孩回答说："看看再说吧。"

那个家伙喊了起来："什么叫看看再说。你们大伙都说说看，明天小姑娘如果不来该怎么办？"

另外一个声音迎合着说："要让小姑娘留下点什么东西作为抵押才行！"

"好呀！好呀！"

其中一个指着女孩脸上的肉瘤说："我们就把这个东西留下来，这肯定是个好东西。明天小姑娘来了再还给她呗！"

这家伙说完挥了挥手，鬼怪精灵们一下子就都不见了。

第二天一早，女孩儿回来了，心中感到喜悦异常。瘤子被这帮鬼怪精灵神奇般地取走了，女孩感到脸上无比轻松。女孩向所有遇到的人讲述了昨天晚上的奇遇，这件事很快就传遍了大街小巷。邻村有一个富家女，脸上也同样长了这样一个肉瘤。听说这个故事后，富家女连忙找来，求女孩今晚让自己代替前往，她想让这伙鬼怪精灵把自己脸上的肉瘤也除去。

富家女按照指引的路线最终找到了那棵老树和那个树洞，藏

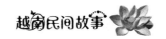

了进去。半夜时分鬼怪精灵又出现在月光下,他们一下子就找到
了女孩藏身的那个老树洞,喊道:"喂!丫头!赶快爬出来参加我
们的聚会吧。"

这位富家女在家里过惯了我行我素随意使唤人和动不动就发
脾气的日子,听到喊声,又见到几只满是长毛的手臂过来拉扯自己
的衣服,女孩儿一把推了回去,吼道:"你们放开手呀!都赶紧让
开我好出来。哎呀,真是太让人恶心了!"

富家女从树洞里钻了出来,显得很是生分,不愿靠近这伙鬼怪
精灵。大家催促了好几次之后,富家女才开始开口唱歌,脸上带着
很不情愿的表情,歌声显得很不自然。每次富家女想要努力提高
腔调时突然嗓子会变得沙哑起来,听上去没有任何悠扬美妙的感
觉。富家女仅仅才唱完一首歌,这伙鬼怪精灵就表现出很不满意
的样子。一个声音说:"行了,你赶紧走吧。我们不想再看见
你了!"

许多声音附和着:"对!对!你赶紧走吧。"

鬼怪精灵们的驱赶声引起了富家女的反感,她使起性子来转
身抬脚就走。但是刚刚走了几步,富家女就听见后面有人追过来
的声音:"嘿……丫头!把昨天你押在这里的东西还给你。"

富家女刚转过身来就感觉到有一个软绵绵的东西扔到自己的
脸上,她用手一摸才知道脸上除了原来的肉瘤外,又多了另外一个
肉瘤。

蛤 蟆 夫 人

从前有一户人家家境殷实,但一直没有孩子,直到夫妇二人岁数很大了,妻子才有了身孕,夫妇二人心中暗暗高兴。然而,妻子怀胎十月生下的却不是人而是一只蛤蟆。夫妇二人见状感到晦气,打算悄悄地把蛤蟆拿到外面去扔掉。不料这时蛤蟆像人一样张开嘴说话了:"请别把女儿扔掉,女儿什么事情都会做。"

然后,蛤蟆一口一个爹和娘地一个劲儿地叫着,夫妇二人听了很是喜欢。于是这户人家就把蛤蟆当作女儿养了起来。蛤蟆长大后很喜欢干活,而且经常在家里讲一些有趣的故事,使得家中总是充满欢声笑语。

村子附近住着一个贫穷的书生,父母早亡。书生每天夹着书本去邻村一位姓黎的私塾先生的学堂里上学。一天,书生走过一块翻着金黄稻浪的稻田,他弯下腰顺手从稻田边上揪下一穗稻穗,将谷粒放在口中咀嚼着解闷儿。突然,书生听到从稻田深处传来了声音细细的说话声:"我说小伙子! 你干吗要揪我家的稻

穗呀？"

书生吓了一跳，他四处搜寻，半天也没发现有什么人。他以为是自己耳朵听错了，于是继续迈开步向学堂走去。这天下午放学后，书生又走到这片稻田边上，并且又弯下腰掐了一穗稻穗。他刚刚把稻穗拿在手里，耳朵里又传来了像早上在这里听到的同样的问话声。书生再次感到非常惊讶，他四处寻找了半天也没有发现有人，于是就卷起裤腿儿下到田里仔仔细细地查看了一遍，但是除了看见一只蛤蟆蹲在一丛稻子旁的一块土旮旯上外，什么也没看见。书生自言自语地嘟囔着："是谁呀？难道是这只蛤蟆在说话吗？"

"对！正是小姐我在和你说话呢！"然后蛤蟆不慌不忙地向书生介绍了自己的情况，包括年龄、住址和父母亲等。又补充说，"由于我家的稻子成熟得比较早，稻田又在大路旁边，所以爹娘就让我白天在这里照看稻田。行了，太晚了，你赶紧早点儿回家吧。记住！今后不要再掐稻穗了。"

听到蛤蟆说话时声音清脆，语气柔和，态度诚恳热情，书生心里想：外表丑陋但心地善良，真是罕见！

以后几次经过稻田，书生都看见蛤蟆在那里等着他过来聊天。不知不觉，书生对蛤蟆越来越有好感。

最终有一天，书生请人到蛤蟆家提亲。蛤蟆父母正在发愁自己的蛤蟆闺女没有人能看得上，怕嫁不出去，现在突然有一位品行端正的后生前来提亲,老夫妇俩马上满口答应并表示将会承担婚事的所有开销。迎亲的那天,蛤蟆一蹦一跳地跟着迎亲的队伍走进书生的家中。

书生娶蛤蟆为妻的消息很快就传遍了,并成为人们家庭中谈笑的话题。在黎先生的学堂里,书生的同窗学友们也议论纷纷,私下里背着书生说:"这家伙图什么?肯定图的是人家的家产。"

书生的这些同窗断定书生肯定是图财,因此变着法儿地找碴儿羞辱他。而书生对他们的做法视而不见,就像是什么事也没发生过一样。但是这些人并不罢休,决心要在讲堂上当着先生和大家的面好好羞辱一下书生。一次先生家中准备举办一次祭祀活动,得讯后这些人提议借机举办一次烹饪比赛,每一位已婚的学生都要让自己的妻子做一桌饭菜送到私塾先生家中,并且规定必须是由自己的妻子做而不得聘请外人代替,届时将会由先生评选出得胜者。这些同窗想出这样一个办法的目的,就是要看书生的蛤蟆老婆的笑话。

书生知道这些人的用意,所以回到家中一个劲儿地叹气。蛤蟆问书生为什么犯愁,开始时书生还不愿意说,但经不住不停地追问,只好把事情原原本本地告诉妻子。

听完后蛤蟆说:"我还以为是什么大不了的事,妾身还不至于到连一桌好菜都做不出来的份儿上。官人完全用不着担心。"

听妻子这样一说,书生的担心减去了不少。日子一天一天地临近了,却一直不见妻子做任何准备,于是书生又开始担心起来。一直到了比赛的前一天,乘书生去学堂不在家的时候,蛤蟆把天上的仙女们叫了下来,分配每位仙女负责做一样菜。只一会儿工夫就做出了一桌子的好菜,鸡鸭鱼肉,山珍海味,香味四溢。

次日下午,书生带着这些佳肴在同窗们冷嘲热讽的话语声中走进了先生的家中。让大家没有想到的是,当品尝完所有的佳肴后,先生站在书生带来的菜肴旁,称赞说:"能够做出这些菜肴的人真是了不起,我还从未品尝过这么好吃的菜肴呢!"

最终,书生在同窗们嫉妒的眼神注视下取得了第一名。

不久后,私塾先生的生日就要到了,学生们又商量着要举行一场缝衣比赛,先生穿上后感到最合身、最漂亮的那身衣裳的制作人将获得奖励。但是,事先不得为先生量身,并且衣裳只能由学生的妻子来做,不准聘请裁缝。学生们私下背着书生议论称:"这次看看这只蛤蟆会如何去做!"

书生得讯后非常担心,以至于走路也走不稳了,深一脚浅一脚地走回家中。蛤蟆见丈夫不高兴就轻声地问:"又是什么事情让官人这样不开心呀?"

书生又把同窗们的恶作剧讲给妻子听。

听完蛤蟆笑着说:"我还以为是什么难事呢,不就是缝衣服吗?这对妾身我来说并非难事。你就放一百个心吧。"

第二天,等到丈夫夹着书本走出自家院子的大门后,蛤蟆返回屋中把门窗都关严实,然后变成一只小蜜蜂,飞出门赶上丈夫,趴在丈夫的衣服领子上。小蜜蜂随丈夫来到了学堂,乘私塾先生在台上讲课的时机,小蜜蜂在先生衣服的肩膀、领子、腰身等所有的地方飞来转去,默默地记下尺寸,然后就飞回家中。下午放学回家后,书生看见床头摆放着叠得整整齐齐的一套衣服。书生把衣服拿过来展开打量起来,衣服的针脚那真是没得说,可书生就是担心是否合身。

第二天是收礼的日子,书生把衣服拿到学堂来,学子们也正在让先生试穿他们拿来的衣服。然而,没有一套衣服合先生的心意——这些衣服不是上衣不合适就是裤子不合适。只有书生带来的衣服先生穿上后不管是上衣还是裤子都非常合身而且非常舒适。最终,书生的这些同窗原本想借这次机会再整整书生,没想到又落了空。尽管两次都弄巧成拙,但是同窗们仍然希望再找机会一定要让书生难堪一次。

又过了一些日子,乘要举办庙会的时机,学生们又商量请先生批准在所有学生的夫人中举办一次选美大赛。庙会那天每个学生都要带上自己的妻子前来让先生进行评判。同窗学友们私底下议论说:"这次可真是有热闹好看的了!"

这一消息对于娶蛤蟆为妻的书生来说犹如晴天霹雳。书生此刻感到全身瘫软,拖着脚步很久才慢慢地走到家。见丈夫躺在床上一声不响,蛤蟆问了半天才知道事情的经过。书生说:"他们强

迫你必须到学堂出头露面，让你……亏他们还真是想得出来。他们这样做真是太过分了！"

蛤蟆听后仍然若无其事，说："官人不必忧虑。妾身为了官人可以出头露面到学堂去面见先生和众位学子。尽管妾身身形丑陋但是也并非没有闪光点，不必担心。"

次日下午，当书生带着书本一脚高一脚低地向着学堂的方向走去时，蛤蟆夫人一蹦一跳地跟在后面。书生脸色通红，既感到不好意思，又觉得对不起妻子。书生低着头，不敢抬起脸看人。蛤蟆仍然不慌不忙地跟在丈夫的后面。快要到学堂的时候，蛤蟆说："请官人等妾身一下！"

说完蛤蟆一下子跳进了路旁的一个草丛之中。书生跟着跑过去，通过草丛的缝隙向里观望。他还没来得及看清楚，就见一位白皮肤、红唇蚕眉丹凤眼的美丽姑娘从草丛中走了出来。书生愣在了那里不知是怎么回事，他看到草丛里树根旁有一张蛤蟆皮堆在那里。知道那就是自己妻子的外衣，他立刻冲上去把蛤蟆皮奋力撕了个粉碎，然后夫妻二人并肩走进已经拥满了人的学堂。所有人的目光都集中到书生那被人认为是丑陋的蛤蟆夫人的身上，她的美丽简直无与伦比，活脱脱一个绝世佳人。

从此，书生夫妻二人相亲相爱一刻也不分离。

有情义的猫和狗

从前,有一个小伙子叫阿力,父亲已经去世了,只剩下他和母亲相依为命。因为家里很穷,阿力必须养活母亲,所以他到处找活干。但村里没有人家要他帮忙,于是他只好到外面去找。阿力一直找到海边,有一个经常出海做买卖的商人看阿力身体健壮,又会游泳,才雇他为帮手,在船上干活。商人给他的工钱是一年四十贯钱,可以预先支付,还包他一日三餐。阿力想不出有比这更好的工作了,非常高兴。尤其是当拿到那四十贯钱的时候,他更是兴奋无比。他赶紧拿回家,给了老母亲三十贯钱,留下十贯钱在身边,准备离开家时在外面用。

船装满货物起航了。船在大海中航行了五天,到了一个大一点的城镇。码头上人来人往,很热闹。阿力从来没出过远门,不知道在这里自己可以做什么。船上的其他水手就告诉阿力:"这里东西很便宜,什么都可以买。你就买一点回家乡去卖,马上就能发财了。"阿力听后,就跟水手们上岸去看看。

阿力过去从来没买过什么东西,所以现在手里拿着十贯钱,也不知道该买什么。这时,有一个人手里拎着一只被紧紧绑着的小狗走到海边,准备把小狗扔到海里。阿力看见了,觉得那只小狗很可怜,就上前问那个人为什么要把小狗扔掉。那人说道:"这是我家主人的狗。今天主人家里买了肉,打算请客用。但不知怎么搞的,这只狗把肉全吃光了。主人很生气,就叫我把它绑起来打一顿,打完就扔到大海里不要了。"阿力听完后,就向这个人要求买下这只狗。这人觉得很奇怪,不明白为什么阿力要买一只会偷东西吃的小狗。阿力说:"那你就别管了。你扔到海里也就扔了,卖给我还能得点钱呢。"这个人觉得有道理,就以三贯钱的价格把小狗卖给了阿力。

过了一会儿,阿力又看见有人拿着一只猫走过来。那只猫也被绑着,好像也是要被人扔到海里。阿力也很可怜那只猫。当他得知这只猫也是因为偷吃东西而被主人处罚后,他又买下了这只猫,也花了三贯钱。阿力把狗和猫拴在船上的一根柱子上,以便看管。

阿力继续在岸上溜达。他突然看到三个放牛娃正在踩一条水蛇,好像不把水蛇踩死就不肯罢休。阿力连忙上前阻拦说:"你们别杀它,它是水蛇,不会害人的。"但那三个小孩说:"我们抓到的东西,我们想怎么处置就怎么处置。"阿力没有办法,看那条水蛇被踩得实在可怜,只好从三个小孩手里买下了那条水蛇,把最后剩下的四贯钱都花光了。阿力得到水蛇后，马上捧着水蛇来到海边，把它放回了大海。这时，水手们都回来了，问阿力买了什么。阿力把刚才的事情讲给大家听。水手们听完后，都笑阿力太傻，买了不值钱的东西，白白浪费钱。但是阿力觉得心里很踏实，因为自己做了好事。

商船往回走了。晚上，阿力正坐在甲板上吹海风，忽然看到自己白天救起来的那条水蛇来到身边。水蛇对阿力说："我是龙王的儿子。今天要不是你，我就没命了。我父亲非常感谢你，请你到龙宫去玩。我这里有一颗夜明珠，你把它带在身上，在水里就可以随便走了，就像在地上一样。"阿力很高兴，就跟着水蛇到了海里。他见到了龙王，龙王重重地酬谢阿力，送给他数不清的金银珠宝。随后，龙王还把阿力直接送回了家。

船主发现阿力不见了，以为阿力掉到海里去了，打算回去后告诉阿力的家人，并把阿力买的狗和猫送到阿力家里。但是当他到了阿力住的村庄时，他却得知阿力三天前就已经回到家了。大家知道后，都以为阿力遇到了神仙。但阿力什么也没说，继续和母亲在一起，过着平静的生活。

从此，阿力就变得有钱了。由于生活宽裕了很多，阿力也不用出去干活了，在家里陪着母亲。那只狗和猫也成了好朋友，还整天跟着阿力，形影不离。不久，阿力娶了一个漂亮的姑娘为妻。这姑娘并不知道阿力的故事。一天，姑娘收拾房间，发现柜子里有一颗亮闪闪的珍珠,她很喜欢,就拿给一个金匠,请金匠打一个戒指,用这颗珍珠做戒面。这个金匠一看就知道这是一颗人世间没有的宝物,就想据为己有。他用另外一颗看着差不多的珠子换下了这颗夜明珠,但是阿力的妻子没看出来,就回家了。

阿力发现夜明珠不见了,非常着急。他问妻子,但妻子看到阿力那么着急,害怕挨骂,就没敢说是自己拿的。阿力怎么找也找不着。阿力想这是神仙的东西,弄丢了是要被怪罪的。于是阿力就天天到海边去,希望能遇到水蛇,跟水蛇说清楚,但每天他都是很失望地回到家。狗和猫看到主人闷闷不乐,商量了一下,决定帮主人找回夜明珠。

小狗知道夜明珠原来放在柜子里,于是就去闻柜子周围的气味,闻到了阿力妻子的气味。顺着这个气味,小狗和小猫追到了金匠的铺子。但是自从得到了夜明珠,金匠已经回老家去了,再也不敢继续留在这里。于是两只小动物就顺着金匠留下的气味继续追。追啊追,它们追到了一条大河边。河面很宽,它们过不去,只好在岸边等着,看有什么办法能过河。后来,一只乌龟正好游过这里,看到它们在岸上张望,就过来问怎么回事。小狗和小猫把事情的经过告诉了乌龟,乌龟很佩服它们,把它们驮过了河。

过了河,小狗和小猫很容易就找到了金匠的家。小猫对小狗说:"我先到他家门口叫几声,把他家里的狗引出来,这样你就可以放心地进去找了。"于是小猫就在金匠家门口叫了几声。金匠家里的狗听到猫叫,果然跑了出来,要跟猫打架。小猫就一直往外跑,把狗引出很远。小狗看到有机会了,就悄悄进了金匠家里,躲在一个黑暗的角落里,看夜明珠藏在哪儿。

过了一会儿,小猫也进来了。两个小动物就一起在屋里找。它们发现金匠的值钱东西都放在一个箱子里,而那个箱子平常总是锁着,很难进去。小猫想了想,就去捉来一只老鼠。老鼠苦苦哀求小猫饶命。小猫就命令老鼠带它去见这个地方的老鼠王。老鼠王看到一只猫来到自己面前,吓得魂飞魄散。但是小猫对老鼠王说:"我不是来吃你的,我是来要你帮忙做一件事。如果做好了,我就放过你;做不好,我就把你这里的所有老鼠都吃了。"老鼠王赶紧答应。小猫就命令老鼠王去把夜明珠找出来。老鼠王一边求饶一边说:"猫大哥,你让我去跟那些徒子徒孙说一声,我们把那个箱子咬破,就能拿出夜明珠了。"

但是老鼠们咬破箱子,爬进去找了半天,也没找到小猫说的夜明珠,只有一个铁盒子,还打不开,估计夜明珠就放在里面。老鼠王只好拿着那个铁盒子,出来向小猫报告。小猫和小狗一看,找来一块石头,朝那个铁盒子使劲砸去,砸了几下,盒子破了一个口,里面露出了夜明珠的光芒。它们继续砸,盒子终于被砸破了,它们拿到了夜明珠。小猫和小狗高兴极了。

在回家的路上,小狗争着拿夜明珠。结果到了河边的时候,小狗一不小心,夜明珠掉到河里去了。正好有一条鱼游过来,看到一

个闪闪发光的东西掉下来,觉得很好玩,一下就把夜明珠吞到肚子里了。

小猫看到小狗把好不容易才找回来的宝贝给弄丢了,急得连连骂小狗不小心。小狗知道自己错了,也不敢争辩。最后,小狗很无奈地说:"东西都丢了,现在还能怎么办呢?"

小猫想了半天,最后想出一个办法,它说:"咱们到附近找一个渔夫,到他家里住下来。咱们就等他打到了那条鱼,发现了夜明珠,再想办法把夜明珠拿回来。"小狗听完,不住地称赞这是个好主意。两只小动物找到了一个正在岸边晒网的渔夫,它们上了渔夫的船就不走了。它们还做出很听话的样子,很快就得到了渔夫全家的喜欢。

过了几天,渔夫打到了一条大鲤鱼,剖开鱼肚子一看,里面有一颗夜明珠。小猫和小狗一看到夜明珠,就想找机会把它拿过来。渔夫知道这是不寻常的宝贝,全家人都围过来一个一个轮着看。当夜明珠传到孩子手里时,小狗趁人不注意,跳起来叼住夜明珠就跑走了。小猫一看夜明珠到手,也跟着跑了,渔夫怎么追也追不上,只好作罢。

这次,小狗再也不敢争着拿夜明珠了,它让小猫来拿。小猫想:反正离家没多远,应该不会有什么问题了。于是小猫就叼着夜明珠,和小狗一起高高兴兴地往家里走。

没想到这时有一只乌鸦飞过,它看到地面上有一个亮闪闪的东西在移动,就想弄明白是什么,于是就往下飞。小猫正走着,忽然看到一只乌鸦飞到自己头顶上,吓了一跳,一不留神,夜明珠就掉下来了。乌鸦马上就叼起夜明珠,飞走了。

小猫和小狗这下可傻眼了。小狗说:"珠子掉到水里还能捞起来,这下飞到天上去了,怎么才能拿下来呢?"

小猫也很难过,没想到夜明珠在自己手里也弄丢了。但它并不泄气,还是在想办法。想了一会儿,小猫眼睛一亮,叫道:"有办法了。我们可以想办法让乌鸦下来。""什么办法呢?"小狗问道。小猫说:"我可以装死,引乌鸦下来,然后你趁它不注意抓住它,就能夺回夜明珠了。"

说完,小猫就肚皮朝天,直挺挺地躺在地上。小狗则躲到不远处的一个树丛后面。乌鸦叼着夜明珠停在树枝上,看到地面上有什么动物躺着一动不动,好像是死了。乌鸦想:这下又有东西吃了。于是它就飞下来,想吃这个动物的肉。但就在乌鸦快冲到小猫身上时,小猫突然跳起来,一下就抓住了乌鸦的爪子。小狗也从树丛后冲出来,抓住了乌鸦的翅膀。乌鸦飞不起来了,急得吱呀乱叫,一张嘴,夜明珠掉了下来。小猫赶紧叼起夜明珠,飞快地跑开了。

小猫和小狗不敢耽搁,不停脚地往家里跑去。它们终于把夜明珠安全地带回了家。阿力又见到了自己的宝贝,他真不敢相信自己的眼睛。他不住地夸小猫和小狗不仅聪明,而且还是有情有义的好动物。

蛤蟆求雨记

很久很久以前，有一年天下大旱，很长时间都没有下雨。河流里的水都干涸了，田地也干裂了，草木枯萎了，树上的叶子也都掉光了。人和动物找不到水喝，都快渴死了。一只蛤蟆看到情况很危急，决定上天庭告状。它只身上路了。

走了一段路，蛤蟆遇到了螃蟹。螃蟹问它去哪儿，蛤蟆就把自己的打算告诉了螃蟹。螃蟹觉得自己也应该去。于是它们就一块往前走。

又走了一段路，它们碰到了熊和老虎。熊和老虎也口渴得要命，正躺着等死呢。看到蛤蟆和螃蟹走在一块，它们问怎么回事。蛤蟆说："咱们都快渴死了。我们是上天去问问为什么。你们如果想去就一块去吧。"熊和老虎同声说："那就让我们跟你们一块去吧。咱们是好兄弟，生死都要在一起。"于是它们四个结伴继续向前走。

过了一会儿，它们又碰到了蜜蜂和狐狸。蜜蜂和狐狸问清整个事情的经过后,也请求一块去。于是它们就一块来到了天庭。

在天庭门口,蛤蟆对大伙儿说:"玉皇大帝不会轻易让咱们进去的,咱们得想个好办法。螃蟹老兄,这有一个大水缸,你先躲进去。蜜蜂可以先藏在门后面,还有狐狸、老虎和熊,你们也待在这儿,让我去打头阵。"

布置完之后,蛤蟆就独自走到门前。门口有一面大鼓,蛤蟆拿起鼓槌,嗵嗵嗵敲了一阵。玉皇大帝听到了,派雷公出去看看是谁在敲鼓。雷公走出来,看了好一会儿,才看到有一只小蛤蟆正大模大样地坐在大鼓上。雷公以为蛤蟆是来捣乱的,什么也没问,就回去向玉帝禀告。玉帝很生气,就派公鸡去把那只来捣乱的蛤蟆啄死。但公鸡一出来,蛤蟆就暗示门后面的狐狸冲出来把鸡给叼走了。玉帝知道后,又派狗出来咬狐狸。狗一出来,又被熊咬死了。玉帝没有办法,只好派雷公亲自去收拾那些动物。雷公拿着雷公锤,大喝一声,冲了出来。但他还没来得及出手,蜜蜂就飞出来在他身上乱叮一气。雷公浑身都肿起来了,疼得他哇哇乱叫。他想跳到水缸里躲一躲,但一进去就被缸里的螃蟹钳住了腿,疼得他大叫一声就跳了出来。雷公不知道该往哪里躲,只好四处逃窜。这时,老虎大叫一声冲过来,一下就把雷公咬死了。

玉帝看到雷公死了,只好投降,让蛤蟆和其他动物进来。蛤蟆说道:"启奏玉帝,民间已经很长时间没有下一滴雨了,万物凋零。如果再这样下去,可能谁都活不了了。我们请求玉帝下令降雨。"

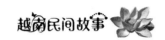

　　玉帝早已害怕得瑟瑟发抖。他也害怕天下大乱,就对动物们说:"你们都回去吧,我马上就下令降雨。"

　　然后他又对蛤蟆说:"以后,如果人间久旱无雨,你就大声地叫。听到你的叫声,我就知道该下雨了。"

　　随后,玉皇大帝就派龙王去降雨。当蛤蟆和它的朋友们回到地上时,河里已经有水了,水流到田地里,地里的庄稼抬起了头,草木也变绿了,树上又长出了叶子。雨水滋润了万物,万物都复苏了。

　　从那以后,如果听到蛤蟆叫,人们就知道天快要下雨了。

机智的小兔

其　　一

一天，大象正在散步，碰到了老虎。打了招呼后，老虎对大象说："我和你都是森林里很厉害的动物，小动物们见了咱们，都吓得不敢出来。但咱们俩当中到底谁更厉害呢？所以我想，咱们比试一下吧。你看，咱们前面有一条小河，看看谁能跳过去。跳不过去的就输了，明天早上到这儿来，任由赢家处置。你敢不敢跟我比试一下呢？"

大象当然不肯向老虎认输，它马上回答道："没问题，比就比，怕什么！"于是它们就一起准备跳过那条小河。老虎一下就跳过去了，但是大象的身子太笨重，实在是跳不起来，结果一下就掉到了水里。大象的四条腿陷到了泥里，老虎拽了半天才把大象给拉上来。大象知道自己输了，羞愧地回家了。

第二天早上,按照事先的约定,大象来让老虎处置自己。它知道老虎无论如何都会收拾自己的,而自己又不能反抗,不禁为自己感到悲哀。在路上,大象遇到了小兔。小兔向大象打招呼,大象都不愿回答。看到大象难过的样子,小兔问道:"象伯伯,你为什么这么难过啊?有什么不好的事情发生了吗?你能不能告诉我呢?没准我还能帮帮你。"大象本来不想说的,觉得自己比小兔大好多,还要小兔帮忙,这不是太丢脸了吗!但是再想想,如果小兔真的能帮自己呢?还是保命要紧。于是大象就把自己怎么输给老虎的事说给小兔听。大象还说:"晚上回到家里,我才明白,跟老虎比试越过小河,我肯定输,因为我根本就跳不起来。但是当时因为自己一时冲动,答应了老虎,中了它的计。现在已经是这样了,又不能反悔,我还能怎么办呢?"

小兔听完大象的话,想了想,说道:"我有一个办法。如果你听我的,就可以不死了。"大象很高兴,问是什么样的办法。小兔说:"这个办法的关键就是我怎么说,你就怎么做。否则就成功不了。"大象答应了。于是小兔用树叶盖在自己的脑袋和身体上,把自己装扮得谁也不认识,就和大象一起来到跟老虎约好的地方。小兔还告诉大象四脚朝天躺在地上,千万不要动,就这样等着老虎的到来。

老虎前一天胜了大象,高高兴兴地回家了。第二天一大早,老虎就起来了,盘算着怎么收拾大象,最好是能想个办法把大象吃了。老虎一边想着，一边向约好的地方走去。但是就在它快走到那里的时候，老虎看到了一幅奇怪的景象：大象已经四脚朝天倒在了地上，一动不动，像是已经死了。大象身上站着一只怪物，正在干着什么，好像是在吃大象。最令人惊奇的是那只怪物还没有大象的头大。老虎想：真是奇怪！不知道那怪物是什么东西，只有那么点大，就能把大象给弄死了。哎呀，那怪物会不会把我怎么着呀？大象都给它弄死了，对付我就更没问题了。我得小心点，弄不好我也会没命的。

　　老虎这样想着，畏畏缩缩不敢再往前走了。它远远地看着，越想越害怕，最后终于下决心不吃大象肉了，逃命要紧。于是老虎转过身，拼命地往回跑。它跑得正急，在路上碰到了一只猴子。猴子看到老虎急急忙忙地跑着，问道："虎兄，你干什么事这么着急呀？"老虎气喘吁吁地把自己刚才看到的怪事讲给猴子听。刚说完，老虎就想继续跑。但猴子把老虎拦住了，说道："你别怕，这里面肯定有什么把戏。咱们这里怎么会突然冒出个怪物呢？你带我去看看，我帮你揭穿这个把戏。"老虎想了想，觉得有道理，但还是有点害怕。猴子又接着说："那这样吧，如果你怕我骗你，你把我绑在你腿上，这样你到哪儿我就到哪儿，有什么事我也跑不掉了。"老虎想：这样两个捆在一起，那个怪物也不能拿我们怎么着。那就去吧，去看看到底怎么回事。于是老虎把猴子绑在自己的腿上，转身往回走。

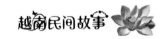

看到老虎被吓跑了，小兔正高兴呢，突然它看到老虎又回来了，腿上还绑着一只猴子。小兔不知道为什么老虎又回来了，心里一惊。但是它想：它们还不知道我是谁，我还可以再吓吓它们。于是小兔很快就镇定下来，想到了一个办法。它很威严地说道："你这只猴子，怎么这时候才来？你爸爸以前欠了我十只老虎，怎么到现在你才给我送来一只，这也太少了吧？如果你不想死的话，就赶紧再去找九只老虎来，交够了我就放过你，不然你就等着瞧吧！"

小兔刚说完，猴子还没来得及说话，老虎就已经吓得转身逃命了。老虎想：那个怪物肯定是一只专吃老虎的什么猛兽，虽然个头不大，但一定很厉害，不然猴子的爸爸怎么会欠它十只老虎呢？这猴子也真是，明明是要把我交给那个怪物，替它爸爸还债，还说是帮我。我也真傻，这么容易就上它的当了。老虎没命地跑着，一直跑到气喘吁吁，实在跑不动了，才停下来。它想：我要找这只猴子算账，敢骗我！它弯下身子，看到猴子脑袋耷拉着，一动不动。原来猴子受不了老虎这样跑，在路上已经给颠死了。

其 二

在一片大森林里，动物们过着幸福、宁静的生活。突然有一天，一只老虎来到这里，原来它就是那只被小兔捉弄了的老虎。老虎被那个自己不知道的"怪物"吓得魂飞魄散，不敢在原来住的森林里待下去了,只好跑到这里来。到了新的环境里,它又感到自己是"林中之王"了,又开始欺负小动物。它每天都要吃一只小动物,小动物们都很怕它,纷纷逃到别的森林去了。

这片森林里当然也有兔子。这一天,轮到小兔去喂老虎了。天气很好,小鸟在树上婉转地啼鸣,鲜花盛开,整个森林都弥漫着花的香味。嫩草的香味也随风飘到小兔的鼻子里,但是小兔根本没有心思吃草。它很难过,因为自己很快就要被老虎吃掉了。它一边走出家门一边想:唉,终于轮到我去喂那只可恶的老虎了,今天我是逃不掉了。它就这么想着,闷闷不乐地向老虎洞走去。

路上有一口井。像往常一样,小兔跳上井台,在水里照照镜子。但今天,小兔看着自己在水里的倒影,心里想:以后再也看不到自己的模样了。它摇摇耳朵,井里的小兔也摇摇耳朵;它摆摆尾巴,井里的小兔也摆摆尾巴。突然小兔好像想到了什么,它一下跳下井台,直奔熊伯伯家里去。

到了熊伯伯家里,小兔把自己的想法都告诉了熊伯伯。熊伯伯听完后,连声说好。它说:"你的计谋很不错,但是要知道,那只老虎也不傻。所以你一定要镇定、勇敢。如果这样……你一定能胜利。"熊伯伯在小兔耳边轻轻说了些什么,小兔听着,连连点头,说:"好,我一定按熊伯伯说的去做。"

然后小兔就离开了熊伯伯家,来到了老虎洞。

看到小兔来晚了,老虎很生气,骂道:"小兔崽子,老子等了半

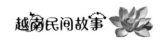

天了,你怎么现在才来送死?"

小兔装作害怕的样子,回答说:"虎大王,我今天一大早就出门了。但是在路上,我又碰到了另一只老虎,它也要吃掉我,我央求了好半天,它才让我走。它还说,您只知道欺负小动物,有本事的话去跟它斗一斗。"

老虎的脾气本来就暴躁,听小兔说完,气得大吼了一声。它对小兔说:"你给我带路,我要看看这只不知天高地厚的老虎到底有多大本事。"

小兔看到老虎中计了,心里暗暗高兴,但它还是装出害怕的样子,给老虎带路。快到那口井了,小兔指着井口对老虎说:"大王,那只老虎就在那个洞里。"

老虎连忙冲到井边。它伸头往井里看,果然看到井里也有一只老虎在看着它。它生气地问:"你这家伙是谁?"

从井里也有吼声传来:"你这家伙是谁?"

老虎更生气了,大声叫道:"你给我滚开,不然我就吃了你。"

井里也传来同样的叫声:"你给我滚开,不然我就吃了你。"

老虎气极了,它想:"居然敢跟我斗!我一定要收拾这只无礼的老虎。"于是它跳到了井里。但是它根本就没找到自己的对手。井里哪有什么老虎呢!井里的老虎是它自己在水里的倒影,传来的声音是它吼叫的回音。可这只老虎并不明白,它在井里拼命地挣扎,大声地叫着。但它叫的声越大,它呛的水就越多。最后,这只老虎再也没能从井里出来。

　　机智的小兔就这样救了大森林里的小伙伴们,大家又回到原来的家,过着幸福平静的生活。